올 스탯
슬레이어

올 스탯 슬레이어 4

비츄 장편소설

초판 1쇄 찍은 날 § 2015년 10월 12일
초판 1쇄 펴낸 날 § 2015년 10월 19일

지은이 § 비츄
펴낸이 § 서경석

편집책임 § 김현미

펴낸곳 § 도서출판 청어람
등록번호 § 제387-1999-000006호
등록일자 § 1999. 5. 31
어람번호 § 제1-2254호

주소 § 경기도 부천시 원미구 부일로 483번길 40 서경B/D 3F (우) 14640
전화 § 032-656-4452 팩스 § 032-656-4453
http://www.chungeoram.com
E-mail § chungeorambook@daum.net

ⓒ 비츄, 2015

ISBN 979-11-04-90453-0 04810
ISBN 979-11-04-90378-6 (세트)

올 스탯 슬레이어 4

FUSION FANTASTIC STORY

비츄 장편소설

도서출판 청어람

CONTENTS

올 스탯
슬레이어

CHAPTER 1

상급 체술.

현석은 옐로스톤을 이용하여 상급 체술을 세 번 강화했으며 최상급 체술 LV.2를 얻었다. 그런데 그가 최종적으로 가지게 된 스킬은 최상급 체술 LV.2가 아니었다.

현석은 '상급힐' 스킬북을 통해 그린 등급의 힐을 얻었으나 현석의 지성 스탯으로 인해 최상급을 거쳐 그린 등급이 됐다. 그와 마찬가지였다. 이번엔 최상급 체술 스킬북으로 그린 등급이 됐고 그린 등급의 체술은 또다시 그린 등급의 상급 체술로 업그레이드됐다. 그러니까 현재 현석이 익히고 있는 스킬은 '그린 등급의 상급 체술 LV.2'다.

그냥 그린 등급의 스킬이 있다는 것도 일반 슬레이어들은 모르는 내용이다. 아는 사람이라고 해봐야 인하 길드원들과 유니온장인 성형 정도뿐이다. 그런데 그냥 그린 등급도 아니고 심지어 '상급'의 그린 등급 스킬이다.

[상급 체술(Passive) —LV.2]
—신체의 잠재 능력을 강화시킨다.
—신체 활성률이 높아지며 머릿속 이미지 대로 신체 조작이 가능하도록 도움을 준다.
—공격력+120%(+20%)
—방어력+120%(+20%)

사실상 최상급 체술 LV.2는 그렇게 큰 메리트가 있다고 볼 수는 없었다. 그래 봤자(?) 20퍼센트의 공격력 증가가 있을 뿐이었으니까.

그런데 이것이 화이트 등급에서 그린 등급으로 넘어가면서 20퍼센트가 아니라 120퍼센트의 증폭 효과를 가지고 있다.

일반 슬레이어들에게 100퍼센트의 능력 증가는 엄청난 거다. 그런데 심지어 현석이 100퍼센트 강해졌다. 안 그래도 사기 캐릭터가 더더욱 사기 캐릭터가 됐다.

파워 인플레라고 해도 좋을 정도였다.

현석은 자이언트 터틀에게 자신 있게 달려들었다.

콰과광—!

자이언트 터틀의 거대한 발에서 커다란 폭발음이 터져 나
왔다.

현석의 주먹이 자이언트 터틀의 발을 후려쳤다.

'확실히 움직임이 훨씬 자연스럽다.'

이래서 패시브 스킬이 좋다는 거다. 아무래도 '근본'에 영
향을 미치는 스킬이니까 말이다.

'머릿속 이미지 대로 신체 조작이 가능하도록 도움을 준
다'라는 스킬 설명이 완전히 허구는 아니었던 모양이다. 물론
하늘을 나는 이미지를 그린다고 해서 하늘을 날 수 있는 것
은 아니었으나 주먹을 뻗거나 몸을 움직이는 것이 훨씬 자연
스러워졌다.

'좋았어.'

전반적인 전투 능력 자체가 높아진 것 같았다.

이를테면 체술을 익히기 전의 몸은 원래 능력의 50퍼센트
만 꺼내 쓸 수 있었다면 체술을 익히고 난 후에는 100퍼센
트 전부를 활용하고 있는 것 같은 느낌이었다.

활용도 면에 있어서도 좋아졌고 심지어 그 능력이 120퍼

센트나 증가됐다.

신체적인 능력이 올라간다는 건 확실히 전투에 있어서 엄청난 메리트가 되었다.

단순히 주먹이 빨라지고 스텝이 좋아지는 개념이 아니었다. 자이언트 터틀의 움직임이 보다 확연하게 눈에 들어왔다.

즉, 동체시력과 위험을 감지하는 감각도 좋아졌다.

홍세영의 '육감'같이 구체적인 스킬은 아니었으나 확실히 전투 센스가 좋아졌다는 걸 스스로 느끼게 됐다.

임팩트 컨트롤을 통해 대미지 출력을 조절하고 반탄력이 최소로 들어오면서 대미지가 어느 정도 박히는 수치를 조절했다.

그랬더니,

[스킬. 임팩트 컨트롤의 스킬 레벨이 증가합니다.]
[스킬. 파워 컨트롤의 스킬 레벨이 증가합니다.]
[스킬. 무쇠주먹의 스킬 레벨이 증가합니다.]

또 시간이 지나니까,

[스킬. 상급 체술의 스킬 레벨이 증가합니다.]
[스킬. 최상급 실드의 스킬 레벨이 증가합니다.]

알림음이 들려왔다. 현석은 속으로 쾌재를 불렀다. 모든 스킬, 심지어 그린 등급의 상급 체술과, 최상급의 실드 스킬까지 레벨이 올랐다.

자이언트 터틀은 잠깐이기는 하지만 한국에선 '스킬 수련용 몬스터'라는 말이 있을 정도였다.

그리고 이 자이언트 터틀은 그 자이언트 터틀보다 더 강한 자이언트 터틀―(강)이다. 스킬 레벨이 빠르게 오르는데 그 상승 속도가 수련 던전 못지않았다.

다른 슬레이어들은 몰라도 현석한테는 수련용 몬스터가 맞았다.

'이건 대박이다!'

다행히도(?) 자이언트 터틀의 실드는 강하기도 강하지만 재생력이 무시무시한 편이다. 게이지가 매우 빠르게 차오른다는 뜻이다.

현석은 스킬 레벨을 올리기 위해 아주 천천히 슬레잉을 시작했다. 그렇게 3일이 지났다. 3일이 지나자 스킬 레벨이 거의 4가량 올랐다. 그 이후로는 오를 기미가 안 보였다.

사실상 첫 날에 스킬 레벨이 2레벨 상승했고 둘째 날에 다시 1레벨, 그리고 셋째 날 막바지에 겨우 1레벨이 올랐다. 이제 시간을 아무리 투자해도 오를 것 같지 않았다. 스킬 레벨 업은 이쯤하기로 했다.

플래티넘 슬레이어는 성공적으로 자이언트 터틀—(강) 두 마리를 슬레잉했다.

안내를 맡았던 유우지와 켄지는 이제 현석을 더없이 존경하는 눈으로 쳐다봤다. 처음에는 놀라워했고 그 이후에는 존경심마저 들었다.

그들은 현석이 어떻게 슬레잉에 임했는지 안다. 불과 3일 만에 엄청나게 강해져서 돌아왔는데 마치 자이언트 터틀을 상대로 수련하는 것처럼 보였다.

다른 몬스터도 아니고 자이언트 터틀—(강)을 상대로 말이다.

상식적으로 말이 안 되는 일이지 않은가. 현석이 처음 자이어트 터틀을 상대하러 왔을 때의 뻣뻣함은 완전히 사라져 있었다. 그리고 속으로 식은땀을 흘렸다.

'큰일이다. 플래티넘 슬레이어의 힘이 과잉 발표됐다고 보고 넣었었는데.'

'과잉 발표가 아니라 축소 발표였다.'

플래티넘 슬레이어의 힘은 결코 과장된 게 아니었다. 소문이 축소되었으면 되었지, 저 실력은 진짜였다.

'보고를 다시 올리면 된통 깨질 거 같은데……'

'재보고 올리지 말까?'

유우지와 켄지는 심각하게 고민해야 했다.

어쨌든 꼬박 3일이 넘게 걸린 이 전투는 '3일 전쟁'이라고 명명됐다. 마치 현석이 목숨을 걸고 장장 3일 동안 치열한 전투를 치른 것처럼 대중들에게 알려졌다.

〈플래티넘 슬레이어. 3일간의 혈투 끝에 자이언트 터틀을 사냥하다!〉

〈장장 3일에 걸친 대격전. 플래티넘 슬레이어, 그는 과연 무사한 것인가.〉

〈일본 유니온. 무려 3일간의 전투를 벌인 플래티넘 슬레이어에게 감사패 증정.〉

3일에 걸친 혈투, 목숨을 건 결투, 3일 전쟁.

그 모든 말들이 오해로부터 파생된 거긴 하지만 어쨌든 3일에 걸쳐 싸운 게 사실은 사실이다. 3일간 스킬 업하려고 일부러 느긋하게, 그것도 자이언트 터틀의 실드 게이지를 일부러 채워주면서 싸웠다는 것이 밝혀지지 않았을 뿐.

게다가 플래티넘 슬레이어가 비겁했다며 욕을 했던 사람들은 반성해야 한다는 일본 내 목소리까지 생겨날 정도였다.

그렇게 목숨 걸며 위태롭게 싸워준 사람에게 어떻게 그럴 수 있냐며, 일본인들을 대신해서 플래티넘 슬레이어에게 사과드리고 싶다는 말들도 나돌기까지 했다.

3일간에 걸쳐 싸웠다고 한다면 당연히 다들 피 말리는 혈투를 벌였다고 생각한다. 상식적으로 말이다.

그러나 현석도, 일본 유니온도 그걸 딱히 바로잡고자 노력하지는 않았다. 심지어 플래티넘 슬레이어가 심각한 부상을 입어 병원에 입원해 있다는 헛소문까지 나돌았다.

당연히 아니었다.

현석은 3일 동안 일본 유니온으로부터 대접을 아주아주 잘 받았고 새로운 등급의 몬스터스톤까지 손에 얻었다. 게다가 3천억까지 지급받았다.

'블루스톤이라.'

블루스톤을 획득했다. 현재까지 나타난 스톤은 화이트스톤, 그린스톤, 옐로스톤. 그리고 레드스톤이었다. 여기에 블루가 추가됐다.

'레드보다 높은 건가? 낮은 건가?'

체감 난이도를 살펴봤을 때, 솔로잉 기준으로―만약 팀플이라면 자이언트 터틀이 더 어려울 수도 있다. 광역기를 가지고 있으니까―자이언트 터틀은 싸이클롭스보다 쉬웠다.

'느낌상… 레드보다 낮은 등급인 것 같다.'

싸이클롭스와는 다르게 여차하면 도망치면 그만인 몬스터였다.

게다가 산성액이 강력하다고는 하지만 방패와 같은 물리적인 방어 도구가 있으면 쉽게 접근이 가능한 몬스터였고 공격력 수치도 방어력을 무시하는 효과를 지닌 듯한 독 대미지를 제외하면 싸이클롭스보다 훨씬 낮았다.

다시 말해, 독 대미지라는 방어력을 무시하는 특수 능력이 있기는 하지만 그 자체만으로 엄청난 대미지를 가지고 있다고 보기는 힘들었다. 그래 봐야 4천 수준이다. 그에 반해 싸이클롭스는 10만이었고.

확실한 건 아니지만 블루스톤은 레드스톤보다 한 단계 낮은 등급의 스톤일 가능성이 높았다.

'뭐… 스킬 레벨도 올렸고, 업적도 쌓았고, 블루스톤도 얻었고, 좋네.'

현석은 살신성인의 슈퍼 히어로뿐만 아니라, 한 번 약속한 것은 끝까지 책임지고 해내고야 마는 책임감 투철한 영웅 이미지까지 얻게 됐다.

게다가 일본인들이 조롱한 것을 알고 있음에도 불구하고 일본의 위기를 해결해 준 성자로까지 표현됐다. 결과만 놓고 보면 그럴싸했다.

그런데 사실은 조금 위험하다 싶어서 몸을 뺐던 거고 아껴왔던 체술을 익혀놓고 보니 좀 만만해 보여서 덤벼들었다. 그런데 또 덤벼들고 보니 스킬수련에 탁월하니까 좀 천천히 잡았다. 재미있는 건, 현석에게 얻어맞던 그 3일간, 밤만 되면 자이언트 터틀이 또 몇 번인가 서로 짝짓기를 하는 게 관찰되었다는 건데 사실상 그건 딱히 중요한 문제는 아니라고 생각했다.

이걸 대중들이 오해한 거다.

대중들이야 어떻게 생각하든 현석은 흡족했다.

3일간의 대격전을 치른 현석은 한국으로 복귀했다. 이름하여 3일 전쟁이라 명명된 대사건(?)을 치르는 동안, 한국은 자이언트 터틀이 아닌 또 다른 문제로 인해 들썩거리고 있었다.

소식을 전해준 사람은 홍세영이었다.

좀처럼 얼굴에 감정이 드러나지 않는 홍세영이 눈에 띄게 분노하는 기색을 보였다.

현석에 관한 일이었다.

＊   ＊   ＊

홍세영은 좀처럼 감정을 드러내지 않는다. 그런데 오늘은 달랐다.

얼굴이 시뻘게져서 씩씩대고 있는 폼이 마치 성난 황소 같았다. 시뻘겋게 달아오른 얼굴은 누군가 손가락으로 톡 건드리면 터져 버릴 것만 같았다. 누가 봐도 화난 것 같았다.

하종원은 어이가 없어 혀를 찼다.

'무시를 당했어도 현석이가 당한 거고 도전장을 받은 것도 현석인데 지가 왜 화를 내? 어이가 없네.'

평소라면 대놓고 핀잔을 줬겠지만 오늘은 참았다. 괜히 잘못 말했다가는 칼에 찔릴 것 같다.

힘 100이 넘는 전 세계 공식 힘 스탯 1위 슬레이어 하종원이라고 해도 지금의 홍세영은 좀 무서웠다.

결론부터 말하자면 현석은 한 슬레이어로부터 도전장을 받았다. 그냥 평범한 도전장이라고 보기에는 어려웠다.

현석은 그것에 대해 깊게 고민하지는 않았다.

'PFC의 챔피언이라고 했나?'

PvP가 일반화된 지는 꽤 오래됐다. 그중에서도 미국은 PvP를 가장 먼저 합법화했으며 그걸 스포츠 산업으로까지 확대시켰다.

이젠 UFC를 누르고 PFC가 인기를 끌게 됐다. PFC는 일반 사람들이 구사하지 못하는 동작을 가능하게 만들어주고 또 고통이 없기 때문에 좀 더 스펙터클한 경기가 펼쳐진다.

여담이지만 특수 효과를 발현시키는—자이언트 터틀의 산성 독이 기화하면서 연기가 생기는 것처럼—스킬이 꽤나 각광받기도 했다.

어쨌든 미국 내에서 제일 먼저 시작된 PFC는 점점 세계화가 되어가는 추세다. 그리고 PFC의 챔피언인 마이클이란 남자가 한국의 플래티넘 슬레이어를 이길 수 있다며 도발을 해왔다. 그냥 이길 수 있는 게 아니라 플래티넘 슬레이어의 실력은 지금 과대평가 되어 있으며 사람들이 플래티넘 슬레이어에게 갖는 환상 따위 자신이 부숴주겠다며 도발까지 해왔단다.

그 말에 홍세영이 지금 화를 내고 있는 거다.

종원은 조심스레 물었다.

"아니, 애초에 네가 왜 화를 내는 건데?"

원래는 종원의 도발에 항상 피식피식 웃던 세영이 이번에는 아무 말도 하지 않았다. 이게 더 무섭다.

'이크!'

종원은 눈을 두어 번 끔뻑거렸다. 그는 도발해야 할 때와 도발하면 안 될 때를 구별할 수 있게 됐다.

'잘못 건드리면 된통 깨지겠다.'

물론 공격력 자체는 종원이 훨씬 높지만 상성이 너무 나쁘다. PvP로는 상대가 안 된다. 그리고 그런 능력은 둘째 치고서라도, 지금 세영의 표정이 굉장히 무시무시했다. 적어도 종원이 보기엔 말이다.

PFC 세계 챔피언이 플래티넘 슬레이어를 도발했고 나아가 도전장까지 던지자 제법 이슈가 되었다.

〈PFC 세계 챔피언 마이클. 플래티넘 슬레이어에게 도전!〉
〈슬레잉과 PvP는 엄연히 다른 영역. 플래티넘 슬레이어의 반응은?〉
〈마이클, "슬레잉과 PvP는 다르다. 그러니 굳이 억지로 나와 싸울 필요는 없다. 도망쳐도 좋다."〉

현석은 피식 웃었다.

"내버려 둬."

이제 세영의 마음을 좀 알 것 같다. 종원이 아무리 도발해도 세영은 여유로움을 잃지 않는다. 그저 피식피식 웃을 뿐이다. 지금 현석의 상태가 그랬다.

제아무리 PvP에 능통한 세계 챔피언이라고 할지라도 그린 등급의 상급 체술까지 익힌 자신의 상대는 되지 않을 거라 확신했다. 확신이 아니라 이건 기정사실이었다.

애초에 사람들은 그린 등급의 스킬이 있는지도 잘 모른다. 만약 마이클이 그린 등급의 스킬을 갖고 있었다면 대대적으로 선전을 했을 거다.

그런 것 하나하나가 좋은 마케팅이 될 수 있으니까.

유치원생이 '난 너 이길 수 있어!'라고 도발을 해왔을 때

실제로 그 도발에 넘어가는 성인 남성은 아마 세상에 별로 없을 거다. 오히려 그 도발에 넘어가는 게 더 이상하다.

현석은 여유롭게 대답했지만 세영에게는 그게 아닌 듯했다.

"난 그럴 수 없어."

"뭐냐? 왜 그렇게 네가 화를 내?"

"몰라도 돼. 네가 안 간다면 내가 갔다 올 거야."

하종원을 퍼펙트로 꺾은 신인(신인이었던) 슬레이어, 홍세영이 미국행 비행기를 탔다.

여권과 비행기 표를 언제 마련했는지도 알 수 없었다.

누가 말릴 새도 없이 그날 밤 바로 떠났다. 어마어마한 행동력이었다.

CHAPTER 2

하종원을 퍼펙트로 꺾은 슬레이어에 대해 이미 얼굴이 밝혀진 상태였다.

"저 여자가… 하종원을 퍼펙트로 꺾었다고?"

"에이 말도 안 돼!"

그녀의 얼굴은 어지간한 톱급의 연예인이나 모델들보다 훨씬 예뻤다.

일견 차갑고 도도해 보이기는 했으나 그녀 정도의 미모면 그 정도 쌀쌀맞음은 흠이 되지 않는다. 오히려 도도한 매력으로 느껴질 뿐이다.

"와, 진짜 예쁘다."

"그러게… 그런데 저 사람이 그랬다며? 플래티넘 슬레이어와 만나려면 자기부터 꺾으라고."

"그것뿐만 아니라 겨우 그 정도 실력으로 플래티넘 슬레이어에게 도전하는 것 자체가 한국 슬레이어들에게 모욕이라면서 대놓고 도발까지 했다던데?"

"헐? 저 고운 입에서 그런 말이 나왔다고? 에이, 설마!"

"예쁘면 거친 말 못 쓰고 도발 못 하냐?"

"그건 그렇지만… 어떻게 저런 여자가 마이클을 상대로……."

마이클은 슬레이어임과 동시에 PFC 선수다. 또한, 다른 말로 엔터테이너이기도 하다.

경기로 즐거움을 선사하고 이미지를 쌓는다. 그리고 그걸 통해 수익을 창출해 내야 한다. 물론 마이클이 하는 일이 아니라 그가 속한 팀(혹은 기업)이 하는 일이지만서도 어쨌든 마이클 측은 홍세영이 얼굴을 공개하고 방송에서 싸워주기를 바랐다.

평소 감정을 잘 표현하지 않던 세영이 이번엔 별로 생각도 않고 계약서에 대뜸 사인부터 했다.

원래 평소에 조용한 사람이 한 번 불붙으면 제어하기가 어렵다. 평소에 화를 내본 적이 별로 없으니까 제어하는 방법도 잘 모르게 되는 거다.

애초에 초상권 자체를 그렇게 중시하는 성격도 아니었고. 그녀는 지금 마이클을 꺾어버리는 것에만 온통 신경이 쏠려 있었다.

〈홍세영! 그녀는 누구인가!〉

인터넷상에서도 그녀의 정체에 대해 오가는 말이 많았다. 그러나 대중들이 그녀에 대한 정보를 얻을 수 있는 길은 그리 넓지 않았다.

남자들은 둘 이상 모이면 꼭 PFC 얘기를 했다.

"누가 이길까?"

"당연히 홍세영이 이기겠지. 하종원을 퍼펙트로 이겼잖아."

"그래도 하종원은 움직임이 굼떠서 몬스터 슬레잉이나 잘하지, PvP는 영 꽝이라던데."

"야, 그래도 힘 스탯 1위인데 설마 그러겠냐? 홍세영이 대단하겠지."

대중들이야 어차피 정확한 정보는 잘 모른다. 온갖 추측들을 쏟아냈다.

홍세영의 미모가 워낙에 대단하다 보니 이슈화도 크게 됐다. PFC에 대해 잘 모르던 사람들조차도 홍세영의 아름다운 외모 때문에 PFC에 관심을 갖게 될 정도였다.

＊　　　＊　　　＊

홍세영은 자신만만하게 링 위에 올라섰다.

PFC의 링은 UFC보다 훨씬 넓으며 고강도를 자랑한다. 무대가 파괴되어도 상관없다. 보조 슬레이어가 리스토어를 사용하여 복구를 하면 그만이다. UFC보다 훨씬 더 화려하고 강한 스킬들도 사용 가능하다.

홍세영은 시작과 동시에 전력을 다했다.

현석조차도 시야에서 놓쳤던 기술이 있다. 바로 '그림자 암습'이다.

이건 빠르게 움직이는 개념이 아니라, 아예 그림자 속에서 튀어나오는 스킬이다. 그러니까 동체 시력이 아무리 좋다고 하더라도 그녀가 움직이는 걸 볼 수는 없었다.

그걸로 끝이었다. 시작하자마자 끝나 버렸다.

―하, 한국에서 날아온 홍세영 선수! 가볍게 승리를 따냅니다!

그림자 암습을 통해 순식간에 급소인 목의 대동맥을 찌르는 시늉을 했다.

아무리 H/P가 보이는 노멀 모드의 PvP라고 해도 급소를 직접 타격하는 것은 금지되어 있다. 대미지를 정확히 예측할 수 없는 크리티컬 샷이 뜰 확률이 높기 때문이다.

이 때문에 이렇게 완벽하게 크리티컬 샷의 기회를 내주게 되면, 결국 패배로 인정되는 것도 하나의 룰이다. 적어도 상식선에서는 말이다.

현석의 경우는 논외로, 그는 아예 급소인 목으로 세영의 단도를 그냥 밀어냈었다. 마이클은 상식을 벗어나는 슬레이어는 아니었다.

─하지만… 이번 경기의 경우 마이클 선수에게 너무 불리했습니다.

─홍세영 선수의 스킬을 아무것도 모르는 상태였습니다. 스펙터클한 경기를 기대했던 관중들도 실망하는 모습이네요.

─이건 좀… 너무한데요?

마이클은 패배했지만 별로 자존심 상해하는 것 같지는 않았다. 그리고 다음 날 또다시 도전장을 던졌다. 대중들도 그 선택을 지지했다.

〈마이클, "비록 방심해서 졌지만 다음에는 결코 통하지 않을 것!"〉

〈마이클, "비겁하게 여자 뒤에 숨어서 사태를 지켜보는 플래티넘 슬레이어는 남자로서 부끄러움을 느껴야 할 것이다."〉

이 말을 실제로 마이클이 한 건지, 아니면 팀에서 그렇게 하라고 시킨 건지는 알 수 없으나 홍세영은 그 말에 또 화를 내며 결투를 받아들였다.

다른 것에 있어서는 그렇게 단순한 편이 아니었는데 현석과 관련된 일에 참 단순해져 버렸다.

그리고 3일 뒤 이어진 재결투에서 세영은 마이클에게 패배하고 말았다.

암습과 기습을 노려 크리티컬 샷을 터뜨리는 게 세영의 특기다.

첫 싸움 자신의 수를 보이면서 유리한 고지를 빼앗겼다. 그리고 마이클 역시 PFC의 챔피언으로서 여타 다른 슬레이어들보다도 대인전에 특화된 선수였다.

처음에는 세영이 빠른 스피드로 우위를 점했다.

세영의 놀라운 속도와 민첩한 몸놀림에 다들 탄성을 흘리며 다들 마이클의 패배를 예상했다.

그러나 중반 이후 세영은 마이클의 그라운드 기술에 걸려서 H/P가 30퍼센트가 되어버렸다.

아무리 세영이 날고 기어도 일단 잡히는 순간 끝이었다.

육각형의 무대가 홍세영에게 그리 유리한 곳도 아니었고 그녀로서는 사람의 그라운드 기술을 처음 상대하다 보니 당황할 수밖에 없었다.

그녀의 장점은 공격을 피하는 빠른 움직임에 있다. 대신 맷집이 약하다.

그런데 이곳은 장소가 제한되어 있다. 즉, 움직임에 제약이 따른다는 거다.

홍세영에게는 굉장히 치명적인 약점이라고 할 수 있었다. 게다가 일단 잡히면 힘이 딸려서 빠져나오질 못하니, 그라운드 기술에는 취약할 수밖에 없는 것이었다.

마이클의 에이전시 측에서는 이를 마케팅에 적극 이용했다.

도발도 서슴지 않았다. 그들이야 몬스터 슬레잉과는 약간 다른 길을 걷고 있으니 플래티넘 슬레이어의 눈치를 살필 필요가 없는 것이다.

〈마이클, "한국은 정말로 슬레잉의 강국이 맞는가?"〉
〈한국의 퍼펙트 슬레이어, 홍세영의 완패!〉

〈홍세영. 마이클의 그라운드 기술에 맥을 못 추다!〉

세계의 언론들은 마이클의 승리에 집중했다.

당연히 여기엔 로비가 많이 들어갔다. 언론 조작도 많이 했다. 상대가 엄청난 미녀이고 하종원을 꺾은 '퍼펙트 슬레이어—미국에서 이런 별명을 붙였다—'라는 사실 때문에 더욱 이슈가 됐다.

홍세영은 한국으로 돌아왔다.

어차피 슬레잉 아니면 별로 할 일도 없는—자질구레한 일은 전부 유니온이 대신 해주니까—현석은 공항으로 마중을 나갔다.

저만치서 선글라스를 낀 세영이 보였다. 현석은 별거 아니겠거니 하고 피식 웃고선 말했다.

"졌다며?"

그리고 현석은 여태껏 단 한 번도 보지 못했던 세영의 눈물을 봤다.

그 도도했던 홍세영은 어디가고 현석에게 안겨서 펑펑 울어댔다. 어찌나 서럽게 우는지, 주변 사람들이 혀를 쯧쯧 차며 현석을 쳐다볼 정도였다.

현석은 졸지에 여자를 울린, 그것도 엄청나게 예쁜 여자를 울린 못된 파렴치한이 되어버렸다.

"세영아, 왜 이렇게 울어?"

제 버릇 개 못 준다고 여자들 달랠 때 저절로 나오는 레퍼토리를 읊었다.

가장 먼저 상황과 감정 공감과 더불어 동질감 부여.

"우리 세영이, 나 때문에 화났다고 미국까지 가서 열심히 하고 왔는데 무지 속상하겠다, 그치?"

그리고 이어서 '나는 네 편이다'를 심어줄 수 있는 동질의 분노. 일부러 평소 사용도 안 하는 욕도 같이 썼다.

"그 나쁜 놈의 새끼. 확마 그냥 내가 혼내줘?"

홍세영은 현석의 가슴팍에 안겨서 한참을 서럽게 울다가 고개를 들었다. 현석도 이제 평안을 되찾았다.

'세영이의 성격상 이쯤 되면 이제 울음을 그치고 괜찮다고 말하겠지. 좀 더 괜찮아지면 너 따위의 도움은 필요 없다고 말할 거야.'

그건 확신이었다. 수많은 경험을 통해 나온 확신.

세영과 눈을 마주쳤다.

눈이 새빨갛게 충혈되어 있었고 눈물 때문에 화장이 좀 번져 있었다. 평소 세영의 성격이라면 절대로 상상도 할 수 없는 말이 튀어나왔다.

그녀가 울먹거리면서 말했다.

"혼내줘."

여자에 대해 잘 안다고 자부하던 현석의 멘탈에 흠집이 났다. '어, 어라. 이게 아닌데……'라고 생각했지만 때는 이미 늦었다.

*　　　*　　　*

'침착하자.'

속으로 말해봤지만 침착해서 될 일이 있고 안 될 일이 있다. 아마도 세영은 패배를 하고서 돌아오던 비행기 안에서 엄청나게 서러웠나 보다.

원래부터 자존심이 강한 여자인데 그토록 당당하게 가서 왕창 깨지고 왔으니, 그것도 여론에 밀려 억울하게 패한 것이나 다름없으니 더더욱 서러웠는데 10시간이 넘는 시간 동안 혼자 있으면서 그 서러움이 증폭된 것 같았다.

그리고 현석을 보자 그 증폭된 감정이 갑자기 터져 나와 제어가 안 된 것 같았다.

현석은 '이, 이게 아닌데……'라고 생각은 하면서도 일단 그 자리에서 마이클의 도전을 받아들이겠다고 말했다.

"확마, 그놈의 새끼 내가 쥐어 패줄게"라고 일단 말은 해놨다.

다음 날, 세영은 자신의 무슨 말을 했는지 또 무슨 추태를 부렸는지—현석의 품에 안겨 서럽게 울었던—떠올랐는지 현석의 얼굴을 제대로 보지도 못했다.

길드 하우스 내에서 현석과 마주치면 얼른 고개를 푹 숙이고 약간 화난 것 같은 모양새로 쿵쿵거리며 걸어가는데 한 번은 발을 잘못 디뎌 수영장에 빠지기까지 했다.

참고로 그녀의 운동 능력은 일반인 수준이 아니다. 그녀는 스킬보다도 본신의 능력으로 교란형 슬레잉을 구사한다.

현석이 황급히 달려갔다.

"홍세영. 정신을 어디다 빼놓고 다니는 거야?"

"그, 그런 거 아니거든! 오지 말라고! 너 싫어! 저리가!"

세영은 자신의 가슴팍을 감싸 안으며 오지 말라고 연신 외쳐댔다.

물에 빠진 생쥐 꼴을 해서는 두 눈을 꾹 감고 있는 것이 귀엽기까지 했다.

하얀 티셔츠를 입고 있어서 몸의 굴곡이 훤히 보였는데, 아마 속옷이 보이는 걸 우려한 것 같았다.

잠깐의 소동에 하종이 길드 하우스 밖으로 나왔는데, 하종원에게는 싸늘하고 감정 없는 목소리로 "들어가지 않으면 반드시 그 눈알을 뽑아버릴 거야"라고 말하는 모습이 참 대조적이었다.

성형이 말했다.

"현석아, 나는 반대다."

"예?"

"너는 한국 유니온의 얼굴이나 마찬가지야. 그리고 슬레이어로서는 최고의 지위를 누리고 있어. 네가 당연히 이길 거라고 생각은 하지만 그래 봤자 네게 돌아오는 이득은 없다고 본다."

"이겨봤자 본전이다, 이 말을 하고 싶은 거군요?"

"그렇지. 걔네들의 장단에 맞춰줄 필요도 없지. 너를 마케팅의 일환으로 쓰려는 게 눈에 훤히 보인다. 어차피 지들 입장에서야 져도 손해 보는 장사가 아니잖아?"

현석이 피식 웃었다.

"근데 좀 건방지고 기분 나쁜 건 사실이네요. 아니, 그리고 상식적으로 격투기 선수가 일반인을 상대로 도전하겠다 하는 것도 좀 이상하지 않나요? 제가 무슨 PvP를 즐기는 것도 아니고. 선수도 아닌 일반인 때리면 나쁜 거 아닌가요?"

그 말에 성형은 잠시 할 말을 잃었다.

따지고 보면 맞는 말이긴 했다.

마이클은 PFC 챔피언이고 현석은 어쨌든 일반(?) 슬레이어다. 그런데 그 말을 현석에게 들으니 좀 그렇다. 현석도 일반인은 일반인인데 '사기적인' 일반인 아니던가.

"어쨌든… 몬스터 슬레잉 능력은 이미 입증됐어요. 이번에

PvP능력을 확실히 입증해 보는 것도 나쁘진 않을 것 같네요. 다만 저들 뜻대로 움직여 주기는 싫어요."

"그럼 네 의견은 유니온 측에서 대신 발표하도록 할게. 네 얼굴이 방송 나가지 않도록 하는 것은 물론이고……."

"저한테 지면 그 사람 슬레이어계에서 은퇴하라고 하세요. 남자가 그 정도 강단은 있어야죠."

그냥 허울 좋은 핑계다.

현석이 홍세영을 여자로 좋아한다거나 하는 건 아니다. 그러나 지금보다 더 깊은 관계로 발전할 가능성은 얼마든지 있다. 적어도 호감 정도는 가지고 있다는 뜻이다.

다른 남자들에게는 차갑고 도도하면서 자신에게는 한없이 귀여운 매력을 보여주는 데다 몸매와 얼굴도 굉장히 예쁘다. 게다가 현석에게 호감도 갖고 있다. 그런 상황인데 고자가 아닌 바에야 홍세영에게 관심이 가는 건 당연한 일이었다.

어쨌든 그런 홍세영이 자존심에 상처를 굉장히 많이 입었다.

"우리 길드원 울렸으면 책임을 져야죠."

성형이 고개를 끄덕였다. 거기까진 뭐 별로 문제될 게 없었다.

그런데 현석이 지나가는 듯한 말로 한마디를 더했다.

"근데… 원래 격투기에 임하기 전에 사망자도 많이 나온다면서요?"

그냥 흔히들 하는 농담 식으로 얘기했는데 성형은 식은땀을 흘렸다.

현석이 마음먹고 치면 마이클 정도는 순식간에 시체가 될 거다.

그래놓고 '아, 이 정도로 죽을지는 몰랐네. 미안합니다'라고 말한다면 현석은 살인이 아니라 과실치사가 된다.

애초부터 계약서를 작성해 놓고 PFC에 임하면 현석에게 책임도 없다.

성형은 침을 꿀꺽 삼켰다.

'아니, 그래도 진짜로 죽이진 않겠지……?'

잊고 있었는데 현석은, 비록 정당방위였다고는 해도 이미 10명이 넘는 많은 사람들을 죽였다. 대외적으로 공표가 안 됐을 뿐.

뭐든지 처음이 쉽다. 살인이라고 예외는 아닐 거다.

거기까지 생각이 미치자 성형은 목덜미가 써늘해짐을 느꼈다. 이거 이러다가 PFC 역사상 처음으로 사망자가 나오는 게 아닐까 싶었다.

현석이 짐짓 크게 웃었다.

"아니, 형님. 뭘 그렇게 갑자기 말이 없어지고 그래요? 그냥 농담 좀 한 거 가지고……."

"그, 그래. 농담이겠지. 그래."

성형이 하, 하핫! 하고 어색하게 웃었다.

'제발 그런 살벌한 농담은 하지 마라. 네가 말하면 진짜 같단 말이야.'

천하의 박성형도 현석의 농담에 긴장했다가 또 안도의 한숨을 내쉬었다. 더 직설적으로 말하자면 쫄았다가 안도했다.

CHAPTER 3

빅매치가 성사됐다. 한국 유니온 측이 플래티넘 슬레이어의 입장을 대변했다.

〈마이클. 한국행 결정!〉
〈PFC 세계 챔피언 마이클. 플래티넘 슬레이어와 한판 대결!〉

한국 유니온은 마이클에게 이번 싸움에서 패배하면 슬레이어계에서 은퇴하라 요구했다. 게다가 누구나가 하는 계약이지만 목숨을 잃어도 상대에겐 책임이 없다는 조항도 걸었다. 마이클의 뜻인지 아닌지는 확인할 길이 없지만 마이클은 그 요구를 수용했다. 덕분에 굉장히 이슈가 됐다.

"그런데 비밀리에 치러진다며?"

"플래티넘 슬레이어가 얼굴이 알려지길 원치 않는다나 봐."

"진짜 무슨 소문처럼 팔이 한 세 개쯤 달린 거 아냐?"

"그럴지도 모르지. 플래티넘 슬레이언데. 일반 사람은 아닐 거 아냐?"

일반 사람 맞다. 심지어 꽤 미남이다. 일반인들이 우스갯소리로 말하는 것처럼 팔이 한 여섯 개쯤 달리고 다리가 한 열 개쯤 되는 괴물은 아니다.

어느새 매치 날이 다가왔다. 장소도 시간도 정확히 알려지지 않았다. 기자들이 동서로 열심히 뛰어다녔지만 마이클과 플래티넘 슬레이어의 매치가 어디서 어떻게 이루어지는지 알아내지 못했다. 그런데 시간이 얼마 지나지 않아 놀라운 소식이 전해졌다.

〈플래티넘 슬레이어, 기권패.〉

〈플래티넘 슬레이어, 마이클에게 기권패 당하다.〉

플래티넘 슬레이어가 기권패를 당했다는 소식이 알려졌다. 어째서 기권을 했는지는 아직 알려지지 않았다. 플래티넘 슬레이어가 자신이 없어 도망쳤다는 말부터 해서, 마이클을 여기까지 오게 한 것이 일종의 낚시였다는 말까지. 온갖 말들이 떠돌아다녔다.

"혹시 플래티넘 슬레이어가 쫀 건 아닐까?"

그에 옆에서 듣고 있던 민서가 발끈했다.

"야! 김충현! 그럴 리가 없잖아! 플래티넘 슬레이어가 얼마나 센데!"

"아니. 그래도 도망쳤다잖아."

"도망 아니거든! 이 멍충아! 미국에 싸이클롭스 떠서 그거 잡으러 갔거든! 이 바보 멍충이 똥개 해삼 말미잘아!"

교실 안에 있던 아이들의 시선이 모두 민서에게 집중됐다. 민서는 보통 비속어를 안 쓴다. 평소에 시발 시발 하던 사람이 바보 멍청이라 말하면 욕이 아니다. 그건 그냥 애교다. 그런데 평소에 예쁘고 고운 말만 쓰는 사람이 '바보 멍청이 똥개 해삼 말미잘아!'라고 말하는 건 욕이다. 척 봐도 민서는 화가 난 것 같았다.

김충현은 민서의 기세에 눌려서 그만,

"아니… 그, 그게 그러니까… 미안."

하고 사과하고 말았다.

얼마 지나지 않아, 한국 유니온의 공식적인 발표가 있었다. 미국에 싸이클롭스가 발견되어 플래티넘 슬레이어가 급파되었단다. 마이클과의 매치는 약간 미뤄졌다. 플래티넘 슬레이어가 혹시 패배가 두려워 도망친 게 아니었을까하던 루머는 금세 사그라들었다.

"그럼 그렇지. 플래티넘 슬레이어가 마이클 따위를 두려워하겠어?"

"그럴 리가 없지. 하여튼 설레발들은."

"무려 싸이클롭스를 잡으러 날아가신 거라고. 전 세계에서 유일하게 싸이클롭스를 잡을 수 있는 슬레이어 아니냐."

싸이클롭스는 미국에서 현대 무기를 사용하여 한 번 사냥한 적이 있는 불가능 업적에 해당하는 몬스터다. 싸이클롭스가 미국에서 다시 리젠되면서 현대 무기로 살상한 몬스터는 언젠가는 리젠된다는 사실이 거의 법칙처럼 굳어지게 됐다.

그런데 현석이 자리를 비운 지금 한국에 큰 문제가 발생했다.

한국에도 싸이클롭스가 나타난 것이다.

현석은 지금 미국행 비행기에 있으며 거의 도착했을 시간이다. 지금 비행기를 되돌릴 수도 없는 노릇이고 만약 바로 돌아온다 하더라도 적어도 10시간은 걸린다.

사실상 싸이클롭스가 나타날 확률은 숫자로만 따진다면 거의 0이나 다름없었다. 전 세계 수백 억에 달하는 몬스터들 중 겨우 서너 마리 발견되었을 뿐이니까 말이다. 그런데 그 0프로에 한없이 가까운 확률 가운데 거의 비슷한 시기에 싸이클롭스가 출몰한 것이다.

〈경기도 고양시 서오릉 근처. 싸이클롭스 출몰!〉
〈플래티넘 슬레이어의 부재. 대처능력 부재!〉

큰일이었다. 현재로서는 싸이클롭스를 사냥할 수 있는 슬레이어는 플래티넘 슬레이어밖에 없다. 강화된 웨어울프까지는 어떻게 같이 처리하려고 했던 강남 스타일도 싸이클롭스의 등장 앞에선 침묵을 지켰다. 무모하게 나섰다가 죽고싶진 않았기 때문이다.

"그럼 마이클이 싸이클롭스 잡아야 하는 거 아냐?"

"에이, 그게 무슨 말도 안 되는 논리냐?"

"아니 생각해 봐. 마이클이 플래티넘 슬레이어한테 도전장을 내밀었어. 몇 시간 전만 해도 자기가 플래티넘 슬레이어보다 세다면서 광고 때렸잖아. 플래티넘 슬레이어보다 더 세면 싸이클롭스도 잡을 수 있겠지."

아니다, 축구를 잘한다고 야구도 잘하는 게 아니듯이 PvP와 슬레잉 또한 그랬다. 물론 축구를 잘하면 야구를 잘할 가능성이 높기는 하다. 일단 기본적으로 운동 신경이 있을 테니까. 그러나 무조건 잘한다는 뜻은 아니다. 그 둘은 엄연히 다른 영역의 운동이니 말이다. PvP와 슬레잉도 어느 정도는 비슷했다.

그러나 그런 논리적인 문제는 둘째 치고서 한국 내에 여론이 일었다. 마이클보고 싸이클롭스를 잡으라는 여론이었다.

마이클의 스포츠 에이전시 STAR에서는 그 여론에 답조차 하지 않았다. 그들도 싸이클롭스가 어떤 몬스터인지 안다. 현석에게 도전을 해서 패한다고 해도 죽을 염려는 별로 없다. 패해도 마케팅이 되고 만에 하나 이기면 대박 마케팅이 된다. 그러나 싸이클롭스는 아니다. 마케팅 좀 해보려다가 죽을 수도 있다. 그런데 마이클이 말했다.

"싸이클롭스. 저도 한번 잡아보고 싶은데요. 그가 할 수 있다면 나도 할 수 있는 거 아닌가요? 어차피 같은 사람인데. 일본에서 자이언트 터틀 슬레잉 얘기를 들었는데… 그의 능력이 원래보다 많이 과장되어 있다고 하더군요."

어디서 정보를 얻긴 얻었는데 반쯤만 얻은 모양이다. 그는 플래티넘 슬레이어의 능력이 과대포장되었다고 굳게 믿고 있는 듯했다. 하기야 현석이 3일간의 대혈투를 거쳐 자이언트 터틀을 잡았다고 알고 있으니 그럴 만도 했다.

PFC의 세계 챔피언 마이클이 자신감에 가득찬 얼굴로 슬레잉에 나서겠다 말했다. 실제로 그는 슬레잉 경험도 풍부했다. 단순히 PvP만으로는 레벨을 올릴 수 없고 스탯도 올리기 힘들기 때문에 슬레잉을 할 수 밖에 없었다. 즉, 다시 말해 그는 뛰어난 슬레잉 슬레이어이기도 하다는 말이다.

그는 정말로 자신감에 가득 찼다.

"한국에서 그렇게 위험하다고 강조하던 웨어울프도… 어제 한 번 잡아봤는데 약하더군요. 그리 강한 느낌을 받지 못했습니다. 그 대단하다는 싸이클롭스는 좀 다르겠죠."

에이전시 STAR는 마이클이 싸이클롭스를 잡을 수 있다고 생각하지 않는 듯 계속해서 거부하다가 어느 시점에 이르러서 갑자기 그걸 허락했다. 허락하는 것에 그치지 않고 대대적으로 홍보에 나서기 시작했다.

한국 정부에서도 마이클의 싸이클롭스 슬레잉을 허가했다. 허가하지 않으면 어쩌겠는가. 현석 외에는 아무도 슬레잉이 불가능한 규격 외 몬스터인데.

그렇게 현석은 미국의 싸이클롭스 슬레잉에 그리고 마이클은 한국의 싸이클롭스 슬레잉에 나서게 됐다.

*　　　*　　　*

미국은 세계에서 가장 부강한 나라다. 경제력부터 시작해서 군사력까지. 그냥 강대국도 아니고 초강대국이라는 말이 어울리는 나라다. 그리고 막강한 군사력으로 싸이클롭스 사냥에도 성공했었다. 그러나 그건 어디까지나 대평원에서나 가능한 일이었다.

대도시. 그것도 상업적, 재정적, 문화적으로도 굉장히 중요한 대도시인 맨해튼에 나타난 싸이클롭스를 향해 폭격을 쏟아부을 수는 없는 노릇이다.

미국 유니온은 싸이클롭스가 나타남과 동시에 바로 한국 유니온에 연락을 넣었다. 현석을 미국 유니온에 영입하지 못했다면 차선책으로 한국 유니온과 긴밀한 연락 체계를 유지해야만 한다는 것이 미국 유니온의 입장이었고, 그것은 탁월한 선택이었다.

"플래티넘 슬레이어가 직항기를 타고서 이쪽으로 이동 중입니다."

"다행이군. 다행이야."

미국 유니온의 유니온장 에디는 그나마 한시름 놓았다. 몸이 축 늘어졌다. 원래 위기라는 것은, 그 위기를 타파할 희망이 보이면 절망이 되지는 않는다. 희망이 있느냐 없느냐에 따라서 위기가 기회가 되기도 하고 절망이 되기도 하는 법이니까.

플래티넘 슬레이어가 없다고 가정했을 때 맨해튼에 싸이클롭스가 나타났다면 그건 그냥 말 그대로 절망이다. 그러나 싸이클롭스를 쉽사리 사냥할 수 있는 존재가 이쪽으로 오고 있다면 그건 희망이 된다.

미국 유니온은 이미 재난 대책 매뉴얼을 마련해 놓은 상태고 정부와의 긴밀한 협조를 통해 시민들을 지하 대피소에 대피시켰다. 맨해튼 내의 소동도 잦아들었다.

일단 싸이클롭스가 난동을 부리고는 있으나 기본적으로 건물 안을 샅샅이 뒤지며 인간을 도륙할 정도의 지능을 가진 건 아니었다.

눈에 인간들이 많이 안 보이게 되면 낮잠을 자기까지 하는 태평한(?) 몬스터다.

그리고 그 태평함은 미국에게 시간을 벌어주었다.

"싸이클롭스가 잠에 빠져들었다 합니다."

에디는 쾌재를 불렀다. 잠에 빠져들었단다. 이보다 좋을 수 없다. 이제 플래티넘 슬레이어가 오기만 기다리면 된다.

'좋았어. 플래티넘 슬레이어만 오면 된다!'

플래티넘 슬레이어에게 기대야만 하는 현실이 조금 안타까운 것도 사실이다. 그러나 그 안타까움보다는 플래티넘 슬레이어가 바로 오고 있다는 것에 대한 기쁨이 더 컸다.

"큰일입니다. 한국에도 싸이클롭스가 나타났다고 합니다!"

"뭐라고?"

에디가 벌떡 일어섰다.

3천억을 제시했어도 미국으로 오지 않은 슬레이어다. 애국심이 투철한지는 확인할 수 없었지만 어쨌든 한국으로 돌아갈 가능성도 무시할 수 없었다.

"한국에 바로 작업 벌여!"

미국 유니온에서 재빨리 손을 썼다.

한국 정부와 거래를 텄다. 한국 유니온장 박성형에게는 어차피 뇌물이 통하지 않을 테지만 한국의 정부 인사들은 아니었다.

한국 정부 인사들에게 실시간으로 로비를 해서, 한국 유니온에 연락을 넣게 만들었다. 플래티넘 슬레이어가 곧바로 귀국하지 않도록 조치를 취하라고 말이다.

미국 유니온장 에디를 보좌하는 보좌관 크리스가 말했다.

"한국 정계 인사들에게는 손을 써놨습니다. 그러나 한국 유니온장에게 정계 인사들의 말이 통할 가능성은 거의 없다고 봅니다."

한국 유니온장 성형에게 정치 인사들의 압박이 통할 리가 없었다. 그건 크리스도, 에디도 잘 아는 바다.

"어쨌든 이번 기회에 정계 인사들에게 뇌물을 먹여놓는 건 별로 나쁜 일이 아냐. 어차피 큰돈도 아니고. 지금 당장은 아니어도 언젠가 분명 좋게 작용할 거다."

미국 유니온에서는 그리 큰돈을 푼 것도 아니다. 유현석에게 3천억을 지급하려고 했는데 그게 무산됐으니 그걸 썼다고 생각하면 맘 편한 일이다. 아니, 실제로 그렇게 생각할 필요도 없다. 엄청나게 큰 출혈이라고 하기도 힘들었으니까.

"그리고 STAR에 손을 써서 마이클이 한국 싸이클롭스 슬레잉에 나서도록 했습니다. 그쪽으로 시선을 돌리겠습니다."

"마이클? 그 PFC 챔피언? 상대가 안 될 텐데?"

크리스가 알 듯 말 듯 미세하게 웃었다.

"뭐… 그거야 직접 부딪쳐 보지 않으면 모르지요."

"크리스, 그거 진심으로 하는 말이야?"

절대 진심이 아니다. 현재 싸이클롭스는 유현석 외에 그어느 누구도 슬레잉이 불가능한 개체다. 미국 유니온은 슬레이어 개개인에 대한 관심이 많다. 슬레이어 개개인의 능력 파악도 이미 해놓고 있는 중이다.

"상대가 안 된다는 거 알잖아?"

크리스가 말을 이었다.

"진심이든 아니든 중요하지 않습니다. 다행히도 마이클은 그 스스로 슬레잉 성공을 자신하고 있습니다. 에이전시 측에서 반대하긴 했지만 돈으로 해결했습니다."

"완전히 미친놈이군. 충격 수치가 최소 10만은 될 텐데. 챔피언 몇 번 하더니 정신 줄을 놓았나?"

"어쨌든 시간은 끌어줄 겁니다. 우리에겐 아주 잠깐의 시간만 있으면 됩니다. 분명 플래티넘 슬레이어는 더 강해져 있을 겁니다. 싸이클롭스 슬레잉은 오래 걸리지 않을 겁니다. 그 잠깐의 시간을 벌기 위해 시선을 그쪽으로 돌리는 것뿐입니다. 그리고……"

크리스가 안경을 고쳐 썼다.

"희생당한 영웅은 언제나 멋진 법이죠. 게다가 타국을 위해서 자신을 희생한 영웅. 미국 유니온의 이름값을 높일 겁니다."

＊　　　＊　　　＊

현석은 자신을 스티브라 소개한 미국 슬레이어의 안내를 받아 싸이클롭스의 근처까지 다가갔다. 타인의 눈에는 어떻게 보일지 모르겠으나 그에게는 걸어 다니는 돈 덩어리요, 레드스톤을 드롭하는 아주 훌륭한 상품이요, 불가능 업적까지도 줄 수 있는 효자 몬스터다.

'너 잘 걸렸다! 와라! 업적.'

체술 없이도 잡을 수 있는 몬스터인데 이젠 그런 등급의 상급 체술까지 익힌 그였다. 신체 능력을 활용하는 활용 능력은 둘째 치고, 단순 수치상만으로도 2배 이상 강해졌다.

5미터의 괴물. 충격 수치 10만의, 현대 무기로는 사살조차 불가능한 엄청난 괴물. 일반인이라면 수십만 명도 도륙할 수 있는 엄청난 몬스터가 눈앞에 보이자 현석은 기뻐했다. 저게 다 돈이고 능력치며 업적이다.

현석은 그리 어렵지 않게 싸이클롭스 슬레잉에 성공했다.

〈플래티넘 슬레이어! 맨해튼을 구하다!〉
〈싸이클롭스에 의한 피해, 겨우 30만 달러 수준!〉

재앙이라 불리는 싸이클롭스에 의해 피해를 입긴 입었는데 겨우 30만 달러 정도의 피해만 입었다. 이 정도면 안 입은 거나 다름없다. 그 무시무시한 싸이클롭스인데. 플래티넘 슬레이어의 힘은 역시 대단했다.

미국 유니온장 에디는 침을 꿀꺽 삼켰다.

'예전보다 더 강해졌다. 그것도 훨씬.'

정확하게 알 수는 없었지만 적어도 30퍼센트 이상은 강해진 것 같았다. 심지어 지금은 모든 힘을 꺼내고 있는 것도 아니고 천천히 슬레잉을 하고 있는 것 같았다. 그럼에도 불구하고 예전보다 훨씬 강해졌다. 미국 유니온 분석 팀에서 분석을 해본 결과, 단순 수치상으로만 따져도 1.5배 이상 강해졌단다.(사실은 2배 이상 강해졌지만.)

'단순 수치만으로 1.5배라면… 실제 그 실력의 상승치는 2배를 훌쩍 넘는다. 이건… 말도 안 되는 일이다. 그 짧은 시간에 이런 성장이 가능하다고……?'

에디는 미국 유니온장인 만큼 별별 슬레이어를 다 만나 보았다. 그런데 이렇게 짧은 시간 저 정도의 성장을 이뤄낸 슬레이어는 처음 본다. 솔직히 저렙 때는 가능하다. 그런데 플래티넘 슬레이어는 저렙도, 고렙도 아닌 초고렙이다. 원래 경지가 높아지면 높아질수록 강해지는 것이 힘들게 마련이다. 그게 상식이다. 그런데 그 상식이 무참히 깨졌다.

수치상으로도 강해졌고 움직임 자체도 훨씬 유연해지고 간결해졌다.

'무서운 성장 속도다.'

적으로 만들면 안 될 사람이다. 차후 어떤 몬스터가 나올지 모른다. 이제 겨우 노멀 모드일 뿐이다.

에디가 말했다.

"크리스, 어떤 수를 써도 좋으니까 플래티넘 슬레이어에게 줄을 만들어 놔. 친분을 유지할 필요가 있어. 그리고 한국 유니온과 절대 척을 지지 않도록 조심하고. 영입이 가능하다면 그게 최고이긴 하지만… 그럴 수 없다면 차선책을 써야지."

"알겠습니다. 그나저나 엄청나군요. 분석 팀조차 혀를 내두르던데요. 기계가 고장 난 줄 알고 몇 번이나 재분석했다고 합니다."

"그리고 한국 정부에 계속 로비를 해. 거기 슬레이어들 환경이 안 좋아지도록."

"알겠습니다."

에디는 멀리 봤다. 한국 정부 인사들에게 계속 로비를 벌이고 뇌물을 먹이는 게 괜히 그러는 게 아니다. 솔직히 한국의 정계 인사들은 슬레이어들을 제대로 대접할 줄 모른다. 한국 정부에서는 나름 신경 써준다고 써주고 있기는 있는데, 만약 에디 자신이 플래티넘 슬레이어였다면 그냥 뒤집어엎고 뛰쳐나왔을 것이다. 에디의 입장에서 한국 정부는 플래티넘 슬레이어를 완전히 소홀히 대접하고 있는 것처럼 보였다. 에디는 절대 그래선 안 된다고 생각하고 있다.

미국이 세계 최강국이 된 것은 경제력을 잡았기 때문이다. 그러나 이제 경제력이 아닌 에너지를 잡는 나라가 최강국이 될 거다. 그리고 그 에너지를 잡을 수 있는 최고의 수단은 몬스터스톤이다. 지금 당장은 아닐지 몰라도 말이다. 그린스톤보다 더 높은 등급의 옐로스톤도 드롭되고 있다. 심지어 싸이클롭스는 레드스톤이다. 모드가 높아지면 높아질수록 더 높은 등급의 스톤이 드롭될 거다. 결국 슬레이어를 잡는 유니온이 세계 에너지를 재패할 수 있다는 뜻이다.

'한국 내 대우가 계속 나빠진다면 언젠가 이쪽으로 마음이 기울겠지.'

멀리보고 움직이기로 했다.

*   *   *

몇 시간 전, 한국.

마이클은 싸이클롭스 슬레잉에 나섰다. 대중들에게 얼굴을 알리지 않고, 상당히 조심스런 행보를 보이는 플래티넘 슬레이어와는 달리 마이클은 대중의 관심을 즐겼다. 언제 출발하는지도 공표했고 기자들이 따라붙는 것을 오히려 환영하기까지 했다.

기자들이 몰려들었다. 그들로서는 처음 접하는 싸이클롭스 슬레잉 장면이다. 한국 군인들이 제지를 하려고는 했으나 예전과는 달리 완전히 통제하지는 않았다. 대중에게 공표되지는 않았지만 여기엔 한국 정부의 입김이 들어갔다. 플래티넘 슬레이어가 미국에서 슬레잉을 하고 있는 동안 일부러 마이클 쪽으로 시선을 더 돌려놓고 있는 거다. 당연히 미국 내 슬레잉 장면은 전파를 타지 않았다.

이런 기회를 기자들이 놓칠 리가 없었다. 현석이 슬레잉할 때는 군인들이 나서서 통제했는데 지금은 그런 것도 아니었다.

박성형은 그 이유를 단 번에 눈치챘다.

'현석의 복귀에 대한 한국 내 여론을 잠재우기 위해서 일부러 주목을 잡아끌고 있다. 현석이의 미국행 기사조차 어느새 내려가고 온통 마이클에 관한 기사들 뿐이야.'

성형은 '기자들이 몰려들고 있고 정부가 그걸 터치하지 않는다'라는 단 하나의 팩트로 대부분의 것들을 추론해 냈다.

'아마 현석에게는 정보가 차단될 거야. 미국 유니온이라면 충분히 그럴 힘이 있어. 심지어 다른 곳도 아니고 맨해튼에 나타났으니까. 그들로서는 현석이 다시 한국으로 돌아갈까 똥줄이 타겠지. 정부 인사들에게 로비를 벌여 기자들이 접근하는 걸 허용했고 일부러 더 크게 이슈화시키고 있다.'

기자들은 세계 최초, 싸이클롭스 슬레잉을 생중계하기 위해 몰려들었다. 위험할 수 있다는 유니온의 권고는 듣지도 않았다. 유니온도 기자들을 막을 수 있는 권리는 없었다. 기자들은 특종을 잡기위해 서오릉 근처로 몰려들었다.

서오릉 근처는 맛집들이 있기는 하나 유동 인구가 그렇게 많은 편은 아니다. 싸이클롭스가 나타나고 맛집들은 이미 모두 문을 닫았고 이제 도로에는 아무도 남지 않게 됐다. 기자들은 주위에 방해하는 사람들이 없자 살판이라도 난 듯 특종을 잡기 위해 발품을 팔았다.

마이클은 마치 챔피언 방어전에 나서는 듯, 자신만만하고 오만한 태도로 인터뷰에 임했다.

"싸이클롭스를 사냥할 수 있는 것은 플래티넘 슬레이어뿐만이 아닙니다. 플래티넘 슬레이어의 업적이 지나치게 과장되어 있다는 사실은 알 만한 사람은 모두가 아는 사실. 저는 이제 싸이클롭스 슬레잉을 성공리에 끝마치고 제가 플래티넘 슬레이어보다 강하다는 걸 증명해 보이겠습니다."

그의 자신만만한 태도는 사람들로 하여금 믿음과 신뢰를 불러일으켰다.

"제가 속한 에이전시 STAR에서도 처음에는 반대하였으나 이윽고 제 진면모를 알고 투입시킨 겁니다."

진면모 같은 건 없다. 미국 유니온에서 이렇게 하도록 만들었다. 그러나 그 사실을 알 리 없는 마이클은 자신이 인정받았다며 기뻐하는 모양새였고 기자들도 고개를 끄덕였다.

'확실히… 마이클이 슬레잉에 성공할 거란 자신이 없었다면 슬레잉에 내보내지 않았겠지.'

'마이클 같은 인재를 버리진 않을 테니까.'

STAR에서도 처음에는 마이클의 싸이클롭스 슬레잉에 반대했다가 이제는 적극적으로 나서서 홍보하고 있지 않은가.

종원이 그랬던 것처럼 마이클도 육성으로 자신의 스킬명

을 외쳤다.

"파워 차징!"

파워 차징.

지금의 마이클이 있을 수 있도록 만들어준 스킬이다. 파워 차징은 시각적 효과도 대단히 뛰어난 스킬로 공격력을 높여주는 일종의 보조 스킬인데 온몸에 붉은색 기류가 흐르게 된다. 그 출력을 최대로 높였는지 기류가 소용돌이쳤다. 물론 이렇게 크게 일으키면 시각적 효과는 커지지만 그에 반해 M/P 소모는 더 커진다. 그런 의미에서 마이클은 엔터테이너의 성격을 타고났다고 볼 수 있겠다.

M/P 소모가 굉장히 빠르든 말든 기자들은 그 모습에 감탄했다.

사람의 몸에서 붉은색 기류가 용솟음치고 있었다. 싸이클롭스를 앞에 두고도 자신감이 넘쳤으며 위풍당당했다.

역시 PFC의 챔피언이지 않은가! '역시 저 정도는 되어야 세계 챔피언을 하는 구나' 하고 속으로 감탄하며 이 상황을 중계했다.

─역시 PFC의 챔피언 마이클답습니다! 그의 파워 차징이 이 순간에도 빛을 발하고 있습니다!

기자들의 감탄을 자아낸 세계 챔피언 마이클이 싸이클롭스를 향해 돌진했다.

―세계 챔피언 마이클! 그가 지금 싸이클롭스를 향해 돌진합니다!
―일반 슬레이어들은 상상도 하지 못할 엄청난 스피드로 돌진하는 저 모습은 실로 맹렬하기…….

기자들은 중계를 잇지 못했다.

후우웅―! 퍽!

커다란 파공음과 함께 타격음이 들려왔다.

PFC 세계챔피언 마이클이 맹렬히 돌진해서 장렬히 산화했다.

싸이클롭스의 몽둥이질 한 방에 유명을 달리했다. 다시 말해 H/P가 0이 됐다. 더 쉽게 말해 그냥 죽었다.

그리고 그로부터 약 1초가 지나고 나서 '으아아아악!' 기자들이 비명을 지르며 도망치기 시작했다. 방송사들은 급해졌다. 황급히 전파를 차단했다.

기자들의 머리통이 터지고 몸이 으깨지는 장면을 내보낼 수 없어서다.

싸이클롭스는 엄청나게 빨랐다. 슬레이어들을 상대로도

우위를 점하는 스피드인데, 일반인들인 기자가 싸이클롭스를 피해 도망칠 수 있을 리 없었다.

이럴 때를 대비해 생중계가 아닌, 약 10분가량의 시간차를 두게 했는데 그게 적절한 한 수였다.

그런데 문제는 여기서 발생했다. 기자들 중 다행히 도망에 성공한 사람들이 있었다. 정확히 말하자면 '잠깐' 성공했다.

그들은 차를 타고 도망을 쳤다. 싸이클롭스는 차와 그리 속도가 차이나지 않았다.

싸이클롭스와 자동차의 쫓고 쫓기는 추격전이 벌어졌다.

CHAPTER 4

처음 싸이클롭스가 나타난 곳은 경기도 고양시의 서오릉 근처였다. 그곳은 맛집들이 꽤 많이 모여 있는 곳이기는 하나 특정 시간을 제외하면 그리 사람들이 많이 몰리는 곳은 아니었다. 차로가 상당히 넓은 편이어서 과속하기에도 딱 좋은 곳이다.

그게 문제였다.

살아남은 기자들이 차를 타고 달리기 시작했는데 싸이클롭스가 그 뒤를 따라붙었다. 서오릉에서 구산 방면으로, 차로 약 7분 정도만 달리면 제법 번화한 거리가 나온다. 조금씩 인구 밀도가 높아진다. 기자를 태운 차량은 점점 더 도시 안으로 깊숙이 파고든 셈이다.

"이런 씨팔! 뭐 저따위로 빨라!"

허리를 숙이고 쿵쿵거리며 뛰어오는 5미터 높이의 괴물은 그야말로 재앙이었다. 그나마 다행인 건 거리에 차가 없다는 것 정도. 그래서 도망칠 수 있다는 것 정도. 몬스터도 생물인 바에야 언젠가 지칠 거라는 확신이 있었다.

보조석에 앉은 김강성 기자가 외쳤다.

"차 꺾어!"

"하, 하지만!"

"꺾으라고! 씨팔! 내 말 안 들려? 연신내 쪽으로 꺾으란 말이야!"

연신내는 서오릉과 가장 가까운 번화가다. 위험에 무감각한 젊은이들이 많이 있을 거다.

"하지만 거기는 번화… 혀, 형님!"

김강성은 핸들은 왼쪽으로 거칠게 틀었다. 싸이클롭스는 지친 기색도 없이 쿵쾅대며 계속 쫓아왔다. 김강성은 백미러를 통해 보이는 싸이클롭스의 얼굴이 점점 더 거대해지는 것만 같은 공포감에 사로잡혔다.

좋으나 싫으나 이젠 달려야 한다. 조금만 달리면 연신내가 나온다. 아니나 다를까. 점점 사람들이 눈에 보이기 시작했다. 김강성은 지금 다른 사람들을 제물로 삼아 도망치려는 거다.

싸이클롭스가 번화가 연신내에 들어섰다. 인간들에게 극도의 적개심을 가진 싸이클롭스는 눈에 보이는 인간들을 모조리 도륙하기 시작했다. 군부대와 경찰들이 대응하기는 했으나 그들로는 역부족이다.

젊음의 거리였던 연신내는 전쟁터를 방불케 할 정도로 아비규환이 되어버렸다. 유리창으로 되어 있어 건물 안쪽이 훤히 보이는 상가들의 경우에는 불길까지 치솟았다. 신호등이 휘어지는 것은 기본이고 가로수가 뽑히거나 우지끈 부러졌다. 싸이클롭스라는 5미터짜리 괴물은 연신내를 처참하게 망가뜨리고 있었다.

성형은 초조했다.

'젠장. 현석이는 도대체 언제 오는 거야?'

미국에서 출발은 했으나 당장에 올 수 있는 방법은 없었다. 어떤 기자가 차를 끌고서 연신내로 진입한 바람에 연신내는 아비규환이 되어버렸다. 설마하니 싸이클롭스가 여기까지 오리라고는 상상도 못한 사람들이 죽어나갔다. 연신내역 안으로 대피하기 위해 사람들이 마구 몰려들어 서로 밟고 밀치고 난리도 아니었다.

'우리는… 어쩔 수 없어. 기다려야만 한다.'

한국 유니온 내 슬레이어들의 실력이 아무리 높아도 싸이클롭스는 항거 불가능한 괴물이다.

그나마 군에서 임시방편을 사용했다. 헬기들을 동원하여 어그로를 끈 다음 특제 쇠사슬로 싸이클롭스를 꽁꽁 묶었다.

싸이클롭스가 무시무시한 이유는 그 강함도 강함이지만, 현대 무기가 통하지 않는다는 것에 있다. 미국의 경우 싸이클롭스를 화력으로 없앤 전례가 있기는 하지만 그건 어디까지나 대평원에서였다. 시가지에서 그런 폭격을 가할 수는 없는 노릇이다.

현대 무기가 통하지 않는데, 인간 정도는 개미처럼 쉽게 죽인다. 그게 문제다.

군의 대응은 적절했다. 싸이클롭스가 엄청난 몬스터임에는 틀림없지만 움직임을 묶는 것 자체가 불가능한 건 아니었다. 일본의 경우는 싸이클롭스보다도 훨씬 거대한 자이언트 터틀의 움직임을 묶어 테마파크를 조성했을 정도다. 물론 그 와중에 헬기 2대가 폭파되었고 군인 수십 명이 죽거나 다쳤지만 말이다.

일반인들의 피해는 더욱 심각했다. 싸이클롭스가 연신내에 들어선 약 15분간, 그러니까 군과 경이 어그로를 끌지 못했던 그 시간 동안 일반인 사망자가 140명을 넘어섰다.

—일반인 사망자가 140명을 넘긴 가운데 현재 군당국이 싸이클롭스의 움직임을 묶는 것에 성공하였습니다.

그간의 사건들. 그러니까 싸이클롭스의 출몰, 자이언트 터틀의 등장, 몬스터 웨이브의 격퇴 등을 거치면서 군도 많이 성장했다. 싸이클롭스를 죽일 수 없다면 일단 가두면 된다. 비록 일반인 사망자들이 많이 발생하기는 했지만 그래도 더 이상의 피해는 발생하지 않았다. 이제 플래티넘 슬레이어가 도착하기만하면 일이 정리될 거라고 다들 얘기했다.

싸이클롭스가 등장하고부터 반나절의 시간이 지났다. 사람들은 플래티넘 슬레이어가 빠르게 도착하길 두 손 모아 기도했다. 드디어 플래티넘 슬레이어가 한국에 입국했다는 반가운 소식이 들려왔다.

〈한국 유니온, 플래티넘 슬레이어 도착. 현재 연신내로 빠르게 이동 중.〉

플래티넘 슬레이어가 미국에서 도착하자마자 바로 연신내로 이동한다는 소식이 전해졌다. 연신내 인근의 주민들은 한시름 놓았다. 연신내역으로 급하게 대피한 사람들도 안심하기 시작했다.

"플래티넘 슬레이어가 오고 있다네요."

"아… 정말 다행입니다. 진짜… 진짜 다행이에요."

사실 영화 같은 곳에서 보면, 어느 한 곳에 대피해 있다가 위협 상황이 풀리면 만세를 부르고 서로를 얼싸안는 모습을 종종 볼 수 있다. 일반적으로 생각하면 난데없이 만세를 부르는 광경이 어색할 수도 있다. 그런데 실제로 싸이클롭스라는 죽음의 공포를 직접 목격한 사람들이 죽음의 공포에서 벗어났을 때 보인 반응은 만세였다. 실제로 사람들이 만세를 외치며 서로를 얼싸안았다. 그들에게 있어서 플래티넘 슬레이어는 단순히 대단한 사람이 아니라 영웅이 되었다.

영화 속 얘기가 아니었다. 평소 재난 영화와 히어로 영화의 광팬인 28세 청년 김성천은 원래 재난 영화에서 사람들이 구조될 때, 혹은 히어로가 나타났을 때 사람들이 '누구누구 만세!' 혹은 '누구누구 최고!'라고 외치는 장면을 보면 항상 좀 오그라든다고 생각했다.

그런데 그가 가장 먼저 외쳤다.

"플래티넘 슬레이어 만세다!"

눈에는 눈물이 글썽거렸다.

플래티넘 슬레이어는 한국에 도착함과 동시에 시차 적응을 할 새도 없이 연신내로 바로 달려와 싸이클롭스 슬레잉에 성공했다.

24시간도 안 되는 그 짧은 시간 동안 두 마리의 항거 불가능한 괴물을 잡아냈고, 사람들은 플래티넘 슬레이어의 업적을 칭송했다.

＊　　　　＊　　　　＊

PFC 챔피언 마이클은 싸이클롭스의 한 방에 유명을 달리했다. 저항할 새도 없었다. 물론 10분간의 유예시간을 갖고 있던 방송국에서 방송에 내보내지 않았기에 이 사실을 대중들은 모르고 있었다.

마이클은 타국을 위해 열심히 싸웠고 숭고한 죽음을 맞이한 미국 슬레이어로 알려졌다. 미국 유니온은 이에 대해 미국인 전부를 대표하여 애도한다며 애도 차원에서 그의 장례비용을 대납하기로 발표했다.

한편, 플래티넘 슬레이어를 지지하는 팬층과 마이클을 지지하는 팬층 사이에서도 나름 싸움의 장 비슷한 것이 열렸다.

─이것이 바로 클래스 격차지.

─시차 적응도 하지 못한 상태로 싸이클롭스를 가볍게 슬

레잉한 플래티넘 슬레이어랑 누굴 비교함?

하지만 PFC의 팬들은 이 사실을 사실 그대로 인정하지 못하는 듯했다.

─그래도 PvP랑 슬레잉은 다른 법임. 싸이클롭스를 상대로 비교하면 옳지 못함.
─PvP는 마이클이 이겼을 거임.

PFC 팬들이 주장하는 것의 요지는 유술이나 관절기에 걸리면 끝이라는 것이었는데 그것도 역시 설득력이 없기는 매한가지였다. 아무리 암바 같은 기술을 쓴다고 해도 기본적인 힘 자체가 현격하게 차이나면 소용없는 법이다. PFC의 팬들은 플래티넘 슬레이어가 대단하다는 것은 인정하면서도 역시 PFC의 자존심을 버리려고 들지는 않았다.

민서는 그 상황이 매우 싫은 듯했다.

"아오 분해! 잘 알지도 못하면서!"

현석이 민서의 머리를 두어 번 쓱쓱 쓰다듬었다.

"그런 거 하나하나에 일일이 반응하지 마. 그러다 주름살 생긴다."

"그래도! 오빠가 훨씬 센 게 분명한데 왜 우겨? 얘네들은?

이 바보똥개들이 진짜!"

"그런 사이트나 카페 안 찾아보면 되지."

현석은 그런 것에 크게 개의치 않아 했다. 어차피 PvP를 실제로 한다고 해도 현석은 전력을 낼 수 없다. 현석은 물론 살인 경험이 있다. 그것도 거의 20명에 가까운 사람을 죽여 왔다. 그러나 그건 어쩔 수 없는 경우였다. 그는 사이코패스 도 아니고 살인을 즐겨지도 않았다. 괜히 PvP 잘못했다가 살인을 저지를 수도 있다. 파워 컨트롤이라는 대미지 감소 스킬이 있는 게 다행일 정도다.

"피곤하다 민서야. 오빠 좀 자자."

플래티넘 슬레이어라고는 해도 전투 필드를 펼치지 않으면 일반인과 똑같다. 시차로 인한 피곤함은 느낄 수밖에 없다.

침대에 누웠다.

'내가 가진 레드스톤이 2개인가.'

유니온이 정부로부터 몬스터스톤의 개인 소유를 인정받았 다. 덕분에 현석은 공식적으로 레드스톤을 2개나 소유한 사 람이 됐다.

'불가능한 업적도 꽤 많이 쌓은 것 같은데…….'

불가능한 업적, 어려운 업적도 많이 쌓았고 몬스터 웨이브 를 처리하면서 '결코 불가능한 업적'까지도 쌓았다.

다른 사람들이 알면 까무러칠 생각도 아무렇지 않게 했다.

'몬스터 웨이브 또 안 나오나……? 그거 결코 불가능한 업적인데.'

남들에게는 천재지변 혹은 재앙인 몬스터 웨이브지만 현석에게는 쏟아지는 금덩이요, 폭풍우처럼 불어닥치는 업적 포인트다.

하드 모드로 전향하기 전에 최대한 업적을 많이 쌓아야 하는 현석 입장에서 '결코 불가능한 업적'을 일굴 수 있는 기회는 굉장히 소중하다.

현석은 잠에 빠져들었다. 그리고 현석의 얼토당토않은 소원(?)은 다음 날 이루어졌다.

＊　　　＊　　　＊

믿을 수 없는 소식이 전 세계에 휘몰아쳤다.

〈미국, 일본, 중국. 3개국 동시 몬스터 웨이브 발발!〉

한국에서 가장 먼저 시작되었던 몬스터 웨이브가 미국과 일본 그리고 중국에서 동시에 발생했다. 물론 그들은 한국에서의 전례를 봤기 때문에 어느 정도 대처는 했다. 군과 유니온이 협조를 해서 몬스터 웨이브를 막아내고 있는 중이다.

그러나 피해가 완전히 없을 수는 없었다.

일각에서는 차라리 오크가 등장하는 몬스터 웨이브를 그냥 계속 내버려 두는 것이―현대 무기로 살상하여 오크만 나오도록 하는 것―나을 수도 있다는 주장도 있었다. 그러나 또 다른 의견으로는 자이언트 터틀의 경우, 90일이 지난 이후 진화를 했다고 하는데 오크 웨이브도 그냥 가만히 놔두면 어떻게 변할지 모른다는 의견도 있었다.

애초에 뭔가 명확하게 밝혀진 것이 없다 보니 온갖 추측과 가정들이 난무했다. 이런저런 의견들이 있었지만 어쨌든 정부 입장에서는 몬스터를 죽여야만 했다.

물론 '계속해서 오크만 나타나도록 만드는 것'이 유리할 수도 있기는 있다. 그러나 확실하지 않다.

자이언트 터틀처럼 시간이 지나면 갑자기 뭔가 다른 것이 튀어나올 수도 있다. 지금 정부가 해야 할 일은 가정이나 추측에 의한 상황판단이 아니라 현실 타파였다. 그리고 현실적으로 가장 맞는 선택은 슬레이어들과의 협조를 통해 오크 웨이브를 저지하는 것이었다.

한국은 좋은 지침이 되어 주었다.

오크 웨이브 이후에는 트윈헤드 오크 웨이브가 이어진다. 그러고 나서 100일이 넘게 흐른 지금까지 잠잠했다. 그렇다면 일단은, 트윈헤드 오크 웨이브까지만 잘 막아내면 되는 것이었다.

커다란 피해는 있었지만 각국은 군과 유니온의 협조를 통해 오크 웨이브를 잘 막아냈다. 그런데 트윈헤드 오크는 아무래도 좀 힘에 겨운 듯했다.

성형이 말했다.

"미국은 상황이 좀 괜찮은 모양이야."

"미국… 이니까요."

현석도 가볍게 어깨를 으쓱했다. 미국은 그나마 사정이 괜찮았다. 트윈헤드 오크 웨이브도 막아내고 있는 추세였다. 물론 현석처럼 쉽고 빠르게 싹쓸이하지는 못하고 있지만 화력으로 실드를 깎고 슬레이어들이 마무리해 가면서 하루하루 나타나는 개체 수를 조금씩 줄이고 있는 형국이었다. 충분히 칭찬받을 만했다. 특히 그들은 유니온과 군의 협력 체계가 굉장히 긴밀했고 그것이 빛을 톡톡히 발하고 있는 중이었다.

문제는 일본과 중국이었다.

일본과 중국은 막대한 피해를 입었다. 특히 중국의 경우는 오크 웨이브와 트윈헤드 오크 웨이브를 거치면서 무려 3만 명이 넘는 슬레이어가 죽었다. 한국의 겨우 1만 명의 슬레이어가 있다는 것을 생각한다면 엄청난 숫자라고 할 수 있었다. 군 조직이나 다름없는 유니온의 강압적인 공격 명령 탓에 더 많은 피해가 있었다는 여론까지도 일었다.

그래도 중국은 원체 숫자가 많으니 인해전술을 펼치면 어떻게든 됐다. 실제로도 인해전술을 펼치고 있는 중이다. 그러나 일본은 아니었다. 일본 역시 슬레잉 수준이 떨어지는 나라는 결코 아니었지만 슬레이어의 숫자가 너무 적었다.

일본 유니온 이치고의 유니온장 야마모토는 입술을 깨물었다.

'더 이상의 슬레이어 손실은… 이치고의 약화를 불러온다.'

무슨 일이 있을 때마다 플래티넘 슬레이어의 도움을 받아왔다. 이는 이치고에 별로 좋지 않은 일이었다. 자존심에 상처를 입는 건 둘째 치고 이미지에 커다란 타격을 입는다. 그러나 지금 상황에서 자존심이고 이미지고 이젠 실리를 챙길 때다.

아직 하드 모드에 진입도 안했는데 이미 각 나라들 간 유니온 세력의 견제 구도는 정해졌다. 언제가 될지 모르지만 강한 유니온이 세계를 제패하는 날이 올 수도 있다. 강한 슬레이어가 있다면 몬스터 웨이브에도 저항이 가능하고 더 높은 등급의 몬스터스톤을 석권할 수도 있으니까. 이런 이유에서 미국에서 플래티넘 슬레이어를 영입하려 눈독을 들이고 있는 거다. 괜히 3천억을 투자하려고 했던 게 아니다.

'더 이상의 세력 약화는 절대 안 돼.'

일본 유니온 이치고는 조금 어려운 입장에 처했다. 유니온이라는 것이 원래 길드들의 모임이다. 일본 유니온도 마찬가지다. 그런데 이치고보다 후발 주자로 나선 '쿠마' 유니온이 이치고의 세력 약화를 틈타 그 덩치를 급격하게 불리고 있는 상황이다.

'쿠마에게는 절대 밀릴 수 없어. 이치고야말로 진정한 일본의 유니온이다!'

이치고 유니온은 한국에 도움을 요청했다. 다행히 이치고 유니온은 한국 유니온과 좋은 관계를 유지하고 있었다.

현석은 속으로 만세를 불렀다.

처음 몬스터 웨이브가 발생했을 당시, 각국에서 자신을 부르지 않아 조금 초조했다. 그렇다고 부르지도 않았는데 '내가 막아줄게!' 하고 나설 수도 없는 노릇이다. 게다가 오크 웨이브도 어찌어찌 막아내는 것을 보며 좀 더 불안해졌었다. '이러면 안 되는데… 몬스터 웨이브는 내가 처리해야 하는데'라는 다른 사람들이 본다면 실로 어처구니는 생각을 하며 걱정했었다.

그런데 일본의 유니온 쪽에서 도움 요청이 왔다. 보상도 유니온과 협의하여 제대로 해준단다. 게다가 중국에서의 습격 사건에 관한 것도 잊지 않았는지 신변 보호에 철저를 기하겠다는 문서상의 약조까지 받았다.

'좋았어! 드디어 업적 파티다!'

중국은 몰라도 이런 부분에 있어서 일본은 믿을 만했다. 한국 정부 역시 플래티넘 슬레이어의 중요성을 잘 알고 있어서 특별히 뽑은 경호 인력을 붙이기로 했으며 한국 유니온에서도 그의 신변을 보호하기 위해 슬레이어들을 추가로 붙였다.

플래티넘 슬레이어가 일본으로 떠나는데, 청와대와 한국 유니온 그리고 일본 유니온과 일본 정부가 같이 움직였다. 다만 플래티넘 슬레이어가 대중에게 노출되는 것을 원치 않는다고 밝혀 그 모든 행사는 철저히 비밀에 붙여졌다. 방송사 관계자들은 접근조차 못했다.

다만 유니온을 통해 플래티넘 슬레이어의 일본행을 들을 수 있었다. 일본 국민들은 만세를 불렀다.

"플래티넘 슬레이어가 온대!"

"프, 플래티넘 슬레이어가 드디어 온다!"

현재 현석은 본의 아니게, 살신성인의 자세와 투철한 희생 정신을 가진 슈퍼 히어로로, 공익과 민중을 위해 제 몸을 아끼지 않는 영웅 중의 영웅처럼 여겨지고 있는 판국이다.

물론 현석은 전혀 그런 의도로 이들을 돕고 있는 게 아니었다.

'결코 불가능한 업적'을 일구게 해주는, 현석에게는 가장 큰 기회다. 다만 대중들이 그걸 모를 뿐이다. 애초에 알 수가 없는 게 워낙 상식을 뛰어넘는 생각이라서 그렇다. 상식적으로, 이 세상의 그 어느 누가 재앙을 보며 업적덩어리라며 좋아하겠는가.

플래티넘 슬레이어가 이웃 나라에 살고 있어서 다행이라는 여론이 퍼졌다. 생각해 보라. 만약 미국인이었더라면 오는데 시간이 오래 걸린다. 한국인이라서 다행이었다. 비행기를 타고 오면 서너 시간이면 도착하니까.

현석이 일본에 도착했다.

모두의 예상대로 현석은 요코하마에 발생한 트윈헤드 오크 몬스터 웨이브를 순식간에 쓸어버렸다. 그에 대한 보상으로 '결코 불가능한 업적'을 얻었다.

플래티넘 슬레이어의 화력은 그야말로 엄청났다. 일본에서는 감히 흉내조차 낼 수 없을 만큼의 무력을 선보였다.

〈플래티넘 슬레이어. 요코하마의 몬스터 웨이브 완전 클리어!〉

〈플래티넘 슬레이어의 위용. 현존하는 최강의 몬스터 웨이브 디펜더!〉

일본을 공포에 떨게 만든 트윈헤드 오크 몬스터 웨이브는 단 한 명에 의해 정리가 됐다. 약 7일 정도가 지나면 모든 지방의 몬스터 웨이브를 없앨 수 있을 거란 희망적인 기사가 쏟아져 나왔다.

플래티넘 슬레이어가 도와주러 온 일본은 희망에 가득 찼다. 그러나 중국은 아니었다. 안타까운 소식들이 전해지기 시작했다.

*   *   *

사실 지금에 이르러서 오크나 트윈헤드 오크가 '치명적인' 위협을 가진 몬스터라고 보기에는 힘들었다. 노멀 모드에 진입한 슬레이어들이 팀을 잘 짜서 슬레잉을 하면 큰 피해 없이 슬레잉이 가능한 몬스터다. 슬레이어가 전업으로 각광받게 된 결정적인 이유가 바로 오크나 트윈헤드 오크라고 할 수 있겠다.

1년에 서너 마리만 잡아도 어지간한 회사원 연봉을 훌쩍 뛰어넘는다. 평소엔 화이트스톤을 취득하다가 운이 좋아 그린스톤을 얻게 되면 엄청난 이득이라고 할 수 있겠다.

어쨌든 오크와 트윈헤드 오크의 현재 위치는 과거 최상위 포식자에서 '약간 위험한 돈벌이 수단'으로 전락하게 되었는데 그렇다고는 해도 그 숫자가 수십 마리가 넘게 되면 '약간 위험한'이 아니고 '매우 위험한'이 된다. 그리고 그 위험천만한 것의 대표적인 예로 몬스터 웨이브가 있겠다.

중국에서 발생한 몬스터 웨이브로 인해 슬레이어가 무려 3만 명이 사망하는 사건이 벌어졌다. 예전에 싸이클롭스 슬레잉 시 1,300여 명의 사망자를 냈다. 그것만 해도 이미 전 세계에서 유래를 찾아볼 수 없는 어마어마한 피해 규모였는데, 대륙은 그 정도 스케일은 우습다는 듯 그 20배를 훌쩍 넘기는 사망자를 발생시켰다. 3만 명이면 한국의 슬레이어 전원에 해당하는 숫자보다도 많다. 중국 기준으로는 그래 봤자 3프로에 불과했지만.

종원이 말했다.

"현석아, 중국애들 3만 명 죽었대."

"걔네는… 군대식이니까."

"와, 근데 진짜 무식하다. 어떻게 사람을 밀어 넣으면 그렇게 죽냐 사람이?"

군대식이란 말은 즉, 위에서 명령하면 아래에선 따라야만 한다는 거다. 저번에 느낀 건데 중국 유니온의 간부들 중 제대로 된 놈은 없는 것 같았다. 그러니까 무식하게 물량전을 펼치는 거다. '일단 가서 싸워라, 막으면 좋은 거고 못 막으면 어쩔 수 없는 거고'와 같은 마인드로 슬레이어들에게 명령을 내리고 있는 게 분명했다.

'그러니까 차이나 레지스탕스에 슬레이어들이 몰리고 있지.'

물론 시스템적으로 애초부터 강하게 압박하여 내리눌러 지금의 체제를 유지하고는 있으나 차이나 레지스탕스의 힘이 점점 커지고 있는 추세란다. 중국 측에서 차이나 레지스탕스를 잡아 죽이는 것에 혈안이 되어 있음에도 불구하고 말이다. 성형이 말하기론 언젠가 차이나 레지스탕스에서 한 바탕할 것 같다고 했다. 확실한 건 아니지만 말이다.

현석은 고개를 절레절레 저었다.

'일본의 경우는 슬레이어의 숫자가 더 줄어들지 않게 하기 위해 그렇게 노력하고 있는데… 중국은 오히려 슬레이어의 숫자를 없애려고 하고 있어.'

차이나 레지스탕스 때문에 중국 정부가 골머리를 앓고 있단다. 그런데 애초에 강압적으로 통제하지 않고 슬레이어들이 스스로 움직이게 내버려 뒀다면 차이나 레지스탕스 같은 단체는 등장하지도 않았을 거다.

중국 정부가 일부러 슬레이어들의 숫자를 줄이고 있다는 의견도 있었다. 슬레이어들의 숫자가 지나치게 많아지면 강압적 통치를 유지하는 것이 힘들어질 수도 있기 때문이라는 게 그 근거였다. 사실상 많은 유니온이 그렇게 판단하고 있

는 중이다. 먼 미래에 그게 좋은 선택이 될지, 나쁜 선택이
될지는 모르지만 말이다.

한편, 민서는 어깨를 부르르 떨었다.

"종원 오빠, 그렇게 히죽히죽 웃지 마. 기분 나빠."

"그러는 너도 히죽히죽 웃고 있거든?"

"아니거든!"

사실 민서도 히죽히죽 웃고 있다. 그도 그럴 것이 일본의
몬스터 웨이브를 막으면서 인하 길드 전체가 '결코 불가능
한 업적'을 연달아 세 번이나 일궈냈기 때문이다. 결코 불가
능한 업적은 보너스 스탯을 무려 50개나 준다. 그러니까 3일
동안 스탯을 무려 150개나 얻었다는 말이다. 현석의 경우는
75개를 얻었다.

세영은 현석을 물끄러미 쳐다봤다. 그러다가 현석과 눈이
마주쳤다. 그녀는 얼른 고개를 돌렸다. 평화는 자신의 스탯
창을 살펴보면서 감탄에 감탄을 더했다.

"현석 오빠, 저희 불가능에 도전하는 자 칭호가 +1로 업그
레이드됐어요."

현석은 현재 불가능을 개척하는 자의 칭호를 가지고 있다.
그리고 인하 길드원들은 불가능에 도전하는 자 칭호를 갖고
있다.

"아, 그랬어? 너희 전부?"

모두가 고개를 끄덕였다. 현석이 물었다.

"불가능에 도전하는 자 칭호 효과가 뭐라고 했었지?"

평화가 대답했다.

"잔여 스탯에 추가 지급 10퍼센트요. 그런데 +1의 경우는 20퍼센트 추가네요. 예전에 오빠가 조언해준 대로 잔여 스탯 올리지 않고 갖고 있었거든요. 저 같은 경우는 잔여 스탯이 총 180개 정도 되는데 36포인트를 더 얻어서 지금은 216포 인트 갖고 있어요."

얘기를 들어보니 다들 고만고만했다. 대략 200포인트 정도 를 갖고 있었다. 200포인트면 어느 한 스탯에 올인했을 경우, 현석과 거의 비슷한 수치를 가질 수 있다.

"모두들 367포인트까지는 올려도 괜찮아. 내가 힘 스탯이 지금 367인데 아직 하드로 넘어가지 않았어. 그리고 이왕이 면 어느 정도의 밸런스는 맞추는 게 좋겠어. 종원이의 경우 를 보면 알겠지만 페널티가 엄연히 존재하니까."

하종원이 주먹을 불끈 쥐었다.

"그래도 남자는 힘이지. 난 힘에 올인한다. 페널티 따위 상 관없어. 남자는 한 방이다!"

모두가 할 말을 잃었다. 현재 하종원은 힘 스탯이 100이 조금 넘는다. 그런데 이번에 얻게 된 보너스 스탯을 모두 힘 에 투자하면 300이 넘는 어마어마한 힘을 갖게 된다. 그렇게 되면 현석 정도까지는 아니어도—속도가 느려지고 풀 파워를 낼 수 없다는 페널티가 있으니까—어쨌든 강력한 한 방을 가질 수 있게 될 거다.

현석이 고개를 절레절레 저었다.

"맘대로 해라… 네 인생이지 내 인생이냐?"

만약 하종원이 모든 스탯을 힘에 투자하면 움직임은 더더욱 느려질 거다. 그건 확실했다. 그러나 그는 혼자가 아니다. 옆에 홍세영이 있다. 홍세영과 콤비를 이루고 있다면 힘에 투자하는 것이 그렇게 나쁘다고 볼 수는 없었다.

'그래도 밸런스를 어느 정도 맞추는 게 이상적이긴 한데.'

물론 힘을 마구마구 올리다 보면 또 어떤 일이 생길지 모른다. 원래 시스템에서 시키는 대로 하면 손해를 본다는 게 현석의 생각이다. 맨 처음 튜토리얼 모드 때부터 그랬다.

'한 스탯만 올리면 그에 따른 페널티가 존재한다는 사실에 모두가 어느 정도 밸런스를 맞추려고 노력하고 있는 추세야.'

그러나 시스템이라고 해서 뭐든지 슬레이어에게 유리한 건 아니다. 만약 종원의 힘 스탯이 어느 일정 수준을 돌파하고 나면 페널티를 극복할 만한 어떤 메리트가 주어질지도 모를 일이다.

'하기야… 세영이가 없었으면 저런 무모한 선택은 못하겠지만.'

홍세영과 하종원은 매일 티격태격하기는 하지만 그래도 일단 슬레잉에 들어서면 최고의 콤비를 보여준다. 하종원이 느린 공격을 해도 괜찮은 이유가 바로 교란형 슬레이어 홍세영이 있기 때문이라고 해도 과언이 아니었다.

그사이에도 중국에 관한 소식은 실시간으로 전 세계에 퍼져나갔다.

〈중국. 오크 웨이브 발발 34일 만에 슬레이어 사망자 수 4만 명 육박!〉
〈계속되는 트윈헤드 오크 웨이브. 중국 시민들 두려움에 밤잠 설쳐!〉

중국의 피해가 계속해서 늘어났다. 일본과 미국을 도왔던 한국 길드가 나서야 한다는 목소리가 높아지긴 했지만 인하 길드는 움직이지 않았다. 그렇게 또 두 달이 지났다. 그나마 두 달의 시간을 거치면서 슬레이어의 사망자 수가 많이 줄었다.

〈중국 내 발발한 몬스터 웨이브. 드디어 소멸.〉
〈처참함으로 얼룩진 승리. 슬레이어 5만 명 사망.〉

일본은 약 1주일 만에 몬스터 웨이브를 처리했다. 물론 인하 길드의 힘이기는 했지만 일본 유니온의 역할이 컸다.

자존심 따위 생각하지 않고 재빠르게 일을 처리했다. 같은 유니온(?)의 입장이기는 하지만 한국 유니온에게 한 수 굽히고 들어가면서 그들은 실리를 택했다.

미국 역시 300여 명의 사망자만 내고 잘 처리했다. 중국은 300명의 10배도 아니고 100배도 아니고 거의 200배 가까운 피해를 냈다. 거의 100일 동안 말이다.

아무리 슬레이어의 숫자가 100만에 달하는, 숫자로는 거의 깡패나 다름없는 나라라고는 하지만 슬레이어만 5만 명이 죽었고 군인들 역시 그에 못지않은 피해를 입었다.

몬스터 웨이브에 얼마나 무능력하게 대응했는지 알 만한 대목이다.

물론 직접적인 단순 숫자 비교는 어렵다. 한국은 5곳, 일본은 7곳, 미국은 10곳에서 몬스터 웨이브가 발생했으며 중국은 무려 21곳에서 몬스터 웨이브가 발생했기 때문이다. 그러나 그것을 감안한다 하더라도 중국의 피해는 엄청난 규모였다.

성형이 말했다.

"중국 유니온 측에도 우리 사람이 있기는 있어."

"아, 그래요?"

"아마 우리 유니온에도 분명 타 유니온의 사람들이 있겠지. 뭐, 그거야 어쨌든……."

성형이 말을 이었다.

"유니온 내부에선 그린스톤을 수천 개나 획득했다면서 기뻐하고 있는 모양이야."

"기뻐한다고요? 슬레이어가 몇 만 명이 죽었는데?"

"걔네들 입장에선 슬레이어 수만 명보다 그린스톤 수천, 아니 수백 개가 더 중요할걸? 간부놈들이 어디 아래 슬레이어들 신경이나 쓰겠어?"

"완전히 쓰레기들이네요."

현석은 자기 일도 아닌데 열이 좀 받았다. 아무리 그린스톤이 좋아도 사람목숨보다 중요하지는 않다고 생각한다. 그런데 중국 유니온의 간부들은 그린스톤 획득에만 기뻐하고 있단다. 정신 못 차리고 있는 중이다.

속으로 생각했다.

'트롤이나 트윈헤드 트롤 웨이브는 언제 시작되는 거야?'

그때도 중국 유니온 간부들이 희희낙락할 수 있는지 두고 보기로 했다.

*　　　*　　　*

이번 웨이브로 인하 길드만 강해진 게 아니다. 현석 역시 강해졌다. 심지어 그는 불가능에 도전하는 칭호가 아니라 '불가능을 개척하는' 칭호다. 그 두 칭호는 효과가 완전히 달랐다.

현석의 경우 '결코 불가능한 업적'들을 연달아 깼다.

다른 길드원들이 200여 개의 스탯을 받았는데 현석은 100여 개를 받았다.

거기에 '불가능을 개척하는 자'의 칭호가 +2로 업그레이드되면서 잔여 스탯의 300퍼센트 판정을 받았다.

원래 가지고 있던 잔여 스탯이 217포인트였는데 거기에 100포인트를 더해 317포인트가 됐고 거기에 또 300퍼센트 추가 판정을 받아서 1,268포인트라는 엄청난 포인트를 갖게 됐다.

'이 정도면… 하드 모드로 진입할 수 있지 않을까?'

이지 모드 강제 진입 스탯이 100이었고 노멀 모드 강제 진입 스탯이 200이었다. 모르긴 몰라도 하드 모드 진입 스탯이 1,000을 넘지는 않을 것 같다. 하지만 노멀 모드에서 얻을 수 있는 건 전부 얻는 게 좋았다.

'가만… 결코 불가능한 업적을 총 11개 깼는데도 아직 업적 제한이 걸리지 않았어.'

엄청난 파워 인플레가 있을 거라고 생각했다. 그럼에도 불구하고 업적 제한이 걸리지 않았다.

'더 올려도 된다는 뜻인가?'

어차피 이해할 수는 없는 영역이다. 애초에 슬레이어 시스템 자체가 논리로 이해할 수 없는 분야니까.

사실상 불과 2년 전만 하더라도 지구에 몬스터가 나타날 거라고 누가 상상이나 했겠는가.

한편 인하 길드원들 중 일부, 그러니까 종원과 세영과 연수가 미국으로 파견을 나갔다.

미국은 확실히 중국과는 달랐다.

종원과 세영의 안전과 신변 보호에 철저하게 신경을 써주었으며 보상도 통이 컸다. 그 둘은 미국 내에 나타난 자이언트 터틀을 슬레잉하기 위해 파견된 상태다.

종원의 경우는 이제 힘 스탯이 300이 넘는다.

세영이 어그로를 잡아끄는 동안 종원이 아주 느릿느릿하게 공격을 하면 된다.

힘 스탯 300이 넘으면서 공격 속도와 움직임만 느려진 게 아니라 말도 굉장히 느려졌다.

보통 사람이 '간다!'를 말하는 데 1초도 걸리지 않는다면 종원은 이제 거의 3초는 걸린다.

군이 글자로 표현해 보자면 '가아아아아아아아안다아아아!' 정도가 되겠다. 조금 웃기는 페널티이긴 했다.

종원이 그토록 중요시 하는 '간지'를 위해서라면 언제든 '라이트닝 해머!'라고 스킬명을 외치며 싸워야 하는데 라이트닝 해머를 한 번 외치려면 10초가 넘게 걸리게 됐으니까. 원래 빠르게 외쳐도 별로 멋이 없는데 더더욱 웃기게 됐다.

어쨌든 세영이 어그로를 끄는 동안 종원이 공격하여 스턴 효과를 먹이고 광역기는 연수가 막아냈다.

방패만 잘 사용하여 피부에 직접 접촉만 피하면 큰 대미지가 들어오는 건 아니었으니까.

그 이후에 무차별 공격을 퍼부으면 자이언트 터틀을 슬레잉하는 건 크게 어렵지 않았다.

〈미국에 파견된 한국 길드! 자이언트 터틀 수월하게 슬레잉!〉
〈한국 길드의 저력. 도대체 어디까지인가!〉

그 길드는 엄청나게 유명해졌다.

이제 한국에는 플래티넘 슬레이어만 있는 게 아니었다.

몬스터 웨이브 디펜더인 한국 길드도 있다. 그 한국 길드의 이름에 대해 대중들은 굉장히 궁금해했다.

최상위 급 슬레이어들이나 유니온 관계자라면 알고 있지만 대중들은 모르고 있었으니까.

그 신비의 한국 길드는 자이언트 터틀을 겨우 세 명이서 슬레잉해 버리는 쾌거를 이룩해 냈다.

몬스터 웨이브도 지나갔고 자이언트 터틀도 등장했다.

각국은 이제 웨어울프가 나올 때가 됐다면서 준비를 미리미리 해뒀고 웨어울프가 등장했을 때에도 그렇게 큰 피해 없이 막아낼 수 있었다.

인간들의 몬스터 대응방식은 점점 더 진화하여 슬레이어 본연의 힘뿐만 아니라 현대 과학 기술력을 접목시켜 몬스터 슬레잉에 박차를 가했다.

이를테면 총과 같은 화기를 사용하거나 인하 길드가 사용했던 고압 전류 벽을 사용했던 것처럼 말이다.

세상은 이제 몬스터에 어느 정도 익숙해졌고 어느 정도 안정을 되찾게 됐다. 현석도 그렇게 생각했다.

그해, 여름이 되기 전까지 말이다.

CHAPTER 5

그해 여름이 오기 전. 그러니까 미국, 일본, 중국에 불어닥친 몬스터 웨이브가 트윈헤드 오크를 마지막으로 잠잠해지고 난 그 이후.

플래티넘 슬레이어와 정체모를 한국 길드는 한국 국민들에게 칭송을 받게 됐다.

그러나 반대로 욕을 먹는 사람도 생겼다. 바로 싸이클롭스와의 추격전에서 차를 연신내 쪽으로 돌렸던 차의 주인인 이상훈이란 카메라맨이었다.

"그거 들었어? 연신내에 사람이 많을 줄 알고 일부러 차를 그 쪽으로 돌렸대."

"와, 그런 거면 진짜 살인 아니냐? 그때 100명 넘게 죽었잖아."

"맞아. 솔직히 그건 살인이지."

사실상 이상훈은 연신내 쪽으로 가려고 하지 않았다. 뚜렷하게 어디로 가야겠다는 생각은 없었다.

다만 무시무시한 괴물이 뒤에서 쫓아오고 있으니 어디로든 일단 달려야겠다고 생각한 거고 일단 본능이 이끄는 대로 엑셀을 밟았었다.

그런데 그 옆에서 김강성이 연신내로 가라고 시키며 핸들을 꺾어 버렸다.

사실상 어디로 가든 피해는 있었겠지만 연신내로 간 건, 적어도 김강성에게 있어선 매우 유리한 선택이었다. 제물로 삼을 사람들이 많은 곳이었으니까 말이다.

하지만 사람들은 그게 김강성이 시킨 일인지 모른다. 어쨌거나 그 당시 운전을 했던 건 이상훈이었고 이상훈은 욕을 정말 많이 먹었다.

약 2주가 흐른 뒤 이상훈은 자신의 집에서 목을 매달아 자살했다.

그제야 이상훈에 대한 비난 여론이 조금 잦아들었다.

한편, 정작 연신내로 가라고 시켰던 김강성은 이를 악물었다.

'나는 절대 죽지 않아.'

사실상 김강성은 직접적인 비난의 대상에서 벗어나 있었다.

억울하기는 하겠지만, 지금은 죽어버린 이상훈이 직접적으로 비난 받았다.

'어차피 죽은 놈은 죽은 놈이니까.'

그리고 김강성은 친분을 이용하여, 자신은 연신내 쪽은 사람이 많다고 말렸으나 이상훈이 굳이 연신내 방향으로 차를 끌었다고 기사를 내보내며 억울한 피해자인 척을 했다.

그런데 인생사 새옹지마라고 했던가. 김강성은 그 사건 이후 얼마 지나지 않아 슬레이어로 각성하게 됐다.

운 좋게도 그가 갖게 된 클래스는 보조 클래스.

보조 슬레이어는 그 숫자가 적어 희귀한 자원이다. 당연히 초보라 할지라도 몸값이 높다.

전투 슬레이어라면 얘기가 다르지만 보조 슬레이어라면, 처음부터 키워 줄 길드가 상당히 많았다. 김강성은 기자 일을 그만뒀다.

그가 들어가게 된 길드는 'BOY'라는 길드였는데 그렇게 뛰어나지도, 그렇게 못나지도 않은 평범한 중소 길드 중 하나였다.

평범한 중소 길드라 함은 트윈헤드 오크까지는 그럭저럭

슬레잉이 가능한 길드라고 할 수 있겠다. 그 이상, 그러니까 트롤 급부터는 위험을 좀 더 무릅써야 하고.

김강성은 굉장히 흡족했다.

'이래서 다들 슬레이어가 되고 싶어 하는 거구나.'

플래티넘 슬레이어처럼 엄청난 수입을 벌어들이는 건 아니지만 월 400만 원에서 500만 원 정도는 안정적으로 벌 수 있었다. 기자일 때보다 일하는 것도 훨씬 쉬웠다.

보조 슬레이어다 보니 전투 슬레이어에 비해 위험한 일도 거의 없었다. 사실상 주 사냥 몬스터가 수사슴이다 보니 크게 위험할 일은 없었고 말이다.

무엇보다도 일단 그 무시무시한 위압감을 내뿜는 싸이클롭스를 직접 눈앞에서 봐서 그런지 다른 몬스터들은 크게 위협적으로 느껴지지 않았다.

최근에는 오크도 한 마리 잡았다.

'쉽네 이거.'

직접적인 생명의 위협을 느끼지 못하는 김강성은 날이 갈수록 자신감이 충만해졌다.

BOY에 속해 있으면서 그 자신감은 더욱 그 크기를 키워 갔다.

BOY 길드는 대체적으로 나이대가 어렸다. 평균으로 치면 24살쯤 됐다. 그리고 슬레잉 실력과는 별개로 기가 조금 약했다. 그에 반해 김강성은 그들보다 나이가 10살 이상 많은 데다가 원래 기도 센 편이었다.

김강성은 슬레잉 실력은 제일 낮았지만 그 안에서 입지를 확실히 잡을 수 있었다. 적어도 BOY 내에선 목소리가 가장 높았다.

물론 언제까지 BOY에 있을 거란 생각은 하지 않았다. 언젠가 더 크고 강한 길드로 넘어가야 한다고 생각했다.

지금 BOY는 그에게 있어 일종의 디딤돌이었다. 그것도 자기 입맛대로 부릴 수 있는 편한 디딤돌.

'이런 놈들이 옆에 두고 부리기 제일 편하지.'

그때까지만 해도 슬레이어가 된 지 얼마 지나지 않아 자신감 충만해진 자신의 앞날이 창창할 줄만 알았다.

*　　　*　　　*

BOY는 트윈헤드 오크까지는 그럭저럭 사냥이 가능하다. 트롤 역시 준비만 잘 한다면 어느 정도 상대가 가능하다.

그러나 그렇게 큰 위험은 무릅쓰고 싶지 않다.

보통은 수사슴 몬스터를 잡고 오크를 발견하면 오크를 잡는다. 트윈헤드 오크도 방어형 슬레이어의 컨디션이 안 좋은 날은 안 건드린다.

김강성이 무언가를 발견했다.

"길장, 오크요!"

오크는 BOY가 슬레잉 가능한 몬스터들 중 가장 가성비가 좋은 몬스터다. 조금만 조심해서 잘 슬레잉하면 적어도 1억 5천만 원이 떨어진다. 그런데 조금 이상했다. 이름 색깔이 초록색이다. 김강성을 제외한 이들이 고민했다. 그들은 '그린 등급'에 관해서 모르고 있었다. 조금이라도 이상한 점이 발견되면 망설일 수밖에 없다.

그러나 김강성은 아니다. 일단 그는 보조 슬레이어이기 때문에 크게 위험할 일이 없다. 그리고 이제 슬레잉에 어느 정도 자신감도 붙었다. 싸이클롭스에 비하면 오크같은 건 몬스터 축에도 못 낀다. 적어도 김강성은 그렇게 느꼈다.

"아니, 뭘 다들 그렇게 망설여요? 오크인데?"

"하지만 이름 색깔이 초록색이잖아요."

트윈헤드 오크까지는 이름이 표시된다.

그런데 이 오크의 이름이 초록색으로 표시됐다.

김강성이 뭐가 문제냐는 듯, 인상을 찡그렸다.

"그게 무슨 상관이죠?"

"당연히 상관있죠. 어쩌면 훨씬 강한 개체일지도 몰라요."

"그래 봐야 오크죠."

현재 김강성은 자신감이 매우 충만해진 상태다.

다른 길드원들이 답답해 보였다.

하지만 그가 이 길드를 쉽게 생각한다고 해서 함부로 명령을 내리거나 마음대로 조종할 수는 없었다. 오히려 그러면 반발을 산다. 적당한 수준에서만 휘둘러야 자기 마음대로 행동할 수 있다.

'에라이, 겁쟁이들.'

만약 오크가 강하다고 해도 전투 슬레이어가 죽는 거지, 자기가 죽는 게 아니라는 생각에 김감성은 별로 겁이 안 났다.

저 오크가 지나치게 강하다고 하면 전투 슬레이어가 상대하고 있는 중간에 도망가면 그만이다. 그는 보조 슬레이어고 그래도 된다고 생각했다.

슬레이어 중 한 명이 물었다.

"마력 수치는?"

"에이씨, 고장 났나 봅니다. 측정이 안 돼요."

"그러게 돈이 좀 들어도 비싼 걸로 사자니까……."

"또 고장이야?"

몬스터가 등장한 지 겨우 2년, 급하게 만들어진 스마트 도감은 종종 고장 나곤 했다.

물론 비싼 기기일수록 고장이 덜하지만 어쨌든 고장률이 제법 높은 기기다. 스마트 도감도 아직 보완해야 할 점이 많았다.

그런데 김강성에게 좋은 생각이 떠올랐다. 때마침 운이 좋게 다른 길드가 오는 모습이 눈에 들어왔기 때문이다. 요즘 하는 일마다 아주 잘 풀린다. 역시 될 놈은 된다라고 생각했다.

"저기 다른 길드 오는 거 같은데 협조 한번 구해보죠."

말이 좋아 협조지 사실 총알받이였다. 보아하니 아이템도 제대로 못 갖춘 초짜들이다.

마음 급한 김강성이 앞으로 나섰다. 오크가 있는데 같이 잡아보지 않겠느냐고 제안했다. 그랬더니 이게 왠걸. 먼저 말하기도 전에 알아서 앞에 나서겠단다.

'이게 무슨 횡재냐!'

김강성이 애써 선심 쓰듯 말했다.

"뭐… 저희가 일단은 양보하도록 하죠."

그러고선 자신의 수완이 어떻냐는 듯 BOY 길드원들을 쳐다봤다.

BOY 길드원들도 고개를 끄덕였다.

일단 저들이 싸우는 걸 보고 이후에 슬레잉 여부를 결정하면 되겠다 싶었다. 그런데 초보처럼 보이는 슬레이어 무리가 오크를 굉장히 쉽게 슬레잉했다.

생각보다 실력이 좋은 길드인 것 같았다. 그런데 그 오크가 몬스터스톤을 드롭했다. 그린스톤이었다. 하나에 1억 5천만 원이나 하는 물건이다.

김강성은 약간 분노했다. 안타까움이 더해진 분노였다.

최대한 나긋나긋하게 말하려고 했으나 약간 격양된 어조를 완전히 숨기지는 못했다.

"거봐요. 내가 뭐랬어요. 우리가 잡았으면 저게 우리 건데."

김강성의 말이 맞는지라 다른 길드원들도 이의를 제기하지는 못했다.

BOY 길드원들도 아쉽게 생각했다. 이름이 초록색으로 표시되어서 뭔가 있는가 싶었는데 보니까 별거 없었다. 그들은 지극히 상식적으로 생각했다. 그리고 착각했다.

"초록색 이름의 오크는 더 약한 오크인 것 같네."

현석과는 확실히 그 입장이 다르다. 현석은 '그린 등급의 스킬'이 있다는 사실을 안다. 그래서 초록색으로 이름이 표시되면 더 강한 몬스터라는 걸 쉽게 추론해 냈다.

그런데 그 사실을 모르는 이들은 지금 상황을 보고 녹색으로 표시되는 이름을 가진 몬스터는 하얀색보다 약한 몬스터라고 생각하는 게 당연했다.

"하긴… 저런 길드가 저렇게 쉽게 잡은 거 보니까. 확실히 그러네요."

"저 남자 한 대 얻어맞은 거 봤죠? 그런데 H/P도 멀쩡한데요? 저 오크 진짜 약하네요."

다른 이들은 모르겠는데, 저 중 한 명은 심지어 아무런 아이템도 없었다. 뒤에서 구경만 하고 있는 것이 아무래도 보조 슬레이어 같았는데 심지어 보조 슬레잉도 안 했다.

슬레이어로 각성한 지 얼마 안 되어 견습 차 따라온 것 같았다.

김강성이 말했다.

"저 뒤에서 있던 녀석 지금 잔뜩 쫄아 있는 것 같고요."

"그런 거 같네요."

보통의 경우, 처음 몬스터 슬레잉에 나서면 다들 저런 반응을 보인다. 뭔가 생각에 잠긴 척한다. 사실 긴장하고 무서운 걸 숨기려는 표정이다. 대부분 그렇다. BOY 길드원들도 그런 과정을 거쳐 여기까지 왔다. 그러니까 딱 보인다. 견습하러 나왔다가 이번에 잔뜩 긴장한 것이 틀림없었다.

자신감 충만해진 김강성이 피식 웃었다. 여태까지 좀 화난 모습을 보여줬으니 풀어줄 때도 됐다.

'옛날 모습도 떠오르고… 귀엽네.'

그래 봐야 며칠 되지도 않았지만 어쨌든 김강성은 그렇게 말했다. 뒤에서 구경만 했던, 김강성으로 하여금 옛날 모습을 떠올리게 만든, 귀여운(?) 견습 슬레이어의 이름은 유현석이었다.

그린 등급의 오크가 발견된 장소로 인하 길드원들이 걸음을 옮겼다. 그동안 발견되지 않았던 건지 처음 발견된 장소 근처를 어슬렁거리고 있었다. 그런데 다른 길드도 있었다. 길드 이름이 BOY란다.

그들은 자신들이 먼저 발견했음에도 현석 일행에게 슬레잉을 양보했다.

그 행동에 현석은 모든 상황을 파악했다. 자신을 보조 슬레이어 김강성이라 소개한 남자를 힐끗 쳐다봤다. 아무래도 마음에 안 든다.

'자기들이 먼저 잡아보기는 껄끄럽고⋯ 우리더러 총알받이가 되어라, 이 뜻이네.'

현석은 눈길을 세영 쪽으로 돌렸다. 세영은 이미 전파를 한 번 탔다. 크게 이슈도 됐다. 그러나 의외로 길거리에서 그녀를 알아보는 사람은 별로 없었다. 이들도 세영을 알아보지 못했다. 그렇다면 이쪽에 하종원&홍세영 콤비가 있는 것도 모를 거다. 하기야 자신만만하게 접근해 온 것을 보면 이쪽의 저력을 전혀 모르고 있는 것이 틀림없었다.

현석이 피식 웃었다.

'그러면서 되게 선심 써주는 척하잖아?'

속이 뻔히 보이긴 하는데 아무튼 결과적으로는 고마운 일이었다. 그린 등급의 오크는 아직 슬레잉된 적이 없다. 최초의 업적을 줄지도 모른다. 그린 등급의 오크가 출몰했다는 유니온의 말을 듣고 일부러 여기까지 찾아왔다. 최초 업적을 받으려고 말이다.

'그런데 저 남자 낯이 익은데… 어디서 봤지?'

김강성의 얼굴이 낯이 익다. 그런데 도통 기억이 나지 않았다. 일단 슬레잉을 진행하기로 했다. 현석이 슬레잉에 앞서 세영에게 물었다.

"어때? 강해?"

세영이 세영의 특수 스킬, 육감을 사용했다.

"아니, 별로 위험하지 않아."

인하 길드원들이 앞에 나섰다. 세영이 새로 익힌 스킬을 시험해 보겠다며 하종원에게 공격을 하지 말 것을 요청했다. 적어도 슬레잉에 관한 한, 세영과 좋은 콤비를 보여주는 종원은 오크를 공격하지 않았다. 세영은 새로이 익힌 스킬에 익숙해지기 위해 최대한 천천히 조심스레 오크를 사냥했다. 그린 등급의 오크는 일반 오크보다 훨씬 강했다.

적어도 2배 이상은 강한 것 같았다. 세영이 스킬을 시험해 본답시고 이런저런 시도를 해보는 와중에 종원이 한 대 얻어맞았다. 별로 피해는 없었다. 대략적으로 계산해 보니 충격 수치가 약 8천정도 되는 것 같았다. 종원이 쉽게 감당할 수 있을 정도다. 그린 등급의 오크는 생각보다 쉽게 슬레잉됐다.

현석은 인상을 살짝 찌푸렸다.

'업적으로 인정은 안 되네.'

안타깝게도 업적으로 인정이 안 됐지만 그린스톤이 하나 나왔다. 잠깐 뒤를 보니 아까 BOY라고 밝혔던 길드원들끼리 사소한 언쟁이 오가고 있었다.

아무래도 이 오크를 잡느냐, 마느냐에 따른 토론이 있었던 듯싶다. 사실상 그거야 인하 길드가 알 바 아니었다. 그린 스톤도 중요하지 않다. 어차피 업적으로 인정도 안 되는 거 이제 누가 잡든 상관없는 일이다.

'아… 근데 진짜 누구지? 분명 봤는데 분명.'

어디서 봤지, 하고 팔짱을 끼고 생각했다.(이 생각에 빠져 슬 레잉에는 아예 참여를 안 했다. 세영의 육감이 있는 이상 그렇게 위험할 일도 없을 테니까.)

'아! 그때 싸이클롭스 사건!'

현석은 연신내에 싸이클롭스가 들이닥쳤던 사건을 기억해 냈다. 경찰에서는 그때의 그 사건이 크게 이슈화되었던 만큼 철저하게 원인 규명을 했고 싸이클롭스가 시가지에 들어서 난동을 피운 이유가 지금 죽은 이상훈이 아니라 김강성 때 문이라는 사실도 알아냈다. 구산 사거리의 고화질 CCTV를 유심히 검토한 결과, 이상훈의 의지가 아닌 김강성의 의지로 연신내에 진입했다는 걸 알 수 있었다.

'그때 140명이 넘게 죽었었지 아마.'

그러나 그 결과는 공표되지는 않았다. 한국 유니온에서도 그걸 원치 않아했다. 김강성이 보조 슬레이어로 각성했기 때문이다. 이미 죽은 사람은 억울하겠지만, 괜히 보조 슬레이어 하나를 잃을 필요는 없는 일이었다.

종원이 현석의 어깨를 툭 쳤다.

"야, 무슨 생각을 그렇게 하냐?"

"아무것도 아냐."

현석이 어깨를 으쓱했다. 그 모습에 종원이 인상을 살짝 찡그렸다.

현석의 미묘한 변화를 알아챈 종원은 한숨을 푹 내쉬었다.

'현석이 놈은 일단 화나면 무서운데.'

더 무서운 건, 현석은 화가 나면 겉으로 표시가 거의 안 난다는 거다. 종원은 그걸, 초등학교 때부터 이미 알고 있었다. 그때의 기억이 잠깐 떠올랐다. 그리고 얼마 전 던전에서 있었던 일도 떠올랐다.

'저놈 저거, 던전에서도 진짜 냉정해졌었지.'

예전 명훈이 발견했던 던전에서도 이와 비슷한 느낌이었

다. 그때, 피라미드의 길드원들이 현석에게 울고불고 살려달라 싹싹 빌었었다. 그렇게 펑펑 울며 매달리는데 현석은 뒤도 안 돌아봤다.

거의 죽기 직전의 위기, 정말 위험한 상황에 이르고 나서야 현석은 그들을 구해줬었다. 솔직히 종원은 그때, 현석이 그들을 정말로 죽도록 내버려 두지는 않을까 걱정했었다.

종원은 그때가 떠올라 어깨를 가볍게 부르르 떨었다.

'만약… 우리가 옆에 없었으면 진짜로 버리고 갔을 거야. 저놈.'

현석은 김강성의 뒷모습을 살짝 훑어봤다. 싸이클롭스 사건 때에도 솔직히 화가 많이 났다.

운전자와 티격태격하며 연신내 쪽으로 방향을 억지로 돌리던 영상 속의 그 남자. 그 남자가 바로 김강성이었다. 일단 싸이클롭스 사건을 떠올리고 나니 김강성의 이름도 자연스레 떠올랐다. 맞았다. 그 남자의 이름이 김강성이었고 보조 슬레이어로 각성한 덕분에 경찰도 그냥 넘어갔다고 했다. 운이 좋은 케이스였다.

'맞아. 한국 유니온에서… 그냥 덮자고 했었지. 보조 슬레이어는 아쉬운 전력이니까.'

현석은 그와 같은 결정에 화가 좀 났다. 유니온에서 위험하다고 권고를 하는데도 굳이 특종을 잡겠다고 기어들어갔다가 저 혼자 살겠다고 일부러 사람 많은 시내로 유인했다. 그 증거도 뚜렷하게 남아 있다. 다만 덮었을 뿐이다. 그런데 지금 하는 꼴을 보아하니 반성을 전혀 안했다. 오히려 그게 운이 좋았다고 자위하고 있는 것처럼 보였다.

일반적인 사람의 경우, 그런 행태를 보면 화가 나는 게 당연했다.

'게다가 이번에는 우리를 총알받이로 내세우려고 했어. 그것도 엄청 신경 써주는 척하면서.'

하여튼 다 마음에 안 들었다. 보아하니 저쪽 길드에서 제법 입김을 가지고 있는 모양이다. 그런데 그때 그린 등급의 오크 한 마리가 더 발견됐다. 성형이 말해준 바에 의하면 두 마리가 발견되었다고 했는 데 나머지 한 마리인 듯했다.

"이번에는 저희 겁니다. 저희가 처음 발견한 오크를 양보했으니 이번에는 저희에게 양보하시죠."

정확히 말하면 양보한 게 아닌 찝찝하니 먼저 내보내 본 것이다. 그런데 이렇게 쉽게 슬레잉할 줄은 몰랐으리라. 심지어 종원이 한 대 얻어맞았는데도 별 타격이 없었다.

그걸 본 김강성은 자신감이 하늘 끝까지 치솟아 자신만만하게 말했다.

그래도 착한 연수가 말해줬다.

"생각보다 강할 텐데요?"

"아뇨. 그럴 리가요."

김강성이 단호히 그 말을 무시했다. 김연수도 그 단호함에 머쓱해졌는지 더 이상 말하지 않았다. 이쪽은 이렇게 쉽게 잡았는데 너희는 힘들 거라고 말하면 그들을 무시하게 되는 꼴이니까.

김강성이 속으로 욕했다.

'너희들만 오크를 잡도록 내버려 둘 수는 없지. 이번엔 우리 거다!'

민서가 사실을 말해주려고 했는데, 현석이 그냥 그러라고 고개를 끄덕였다.

종원은 현석의 어깨를 툭툭 치며 내려가자고 했다. 남들은 못 느끼는 거 같은데 현석은 지금 화가 좀 났다. 빨리 데리고 내려가야겠다는 생각이 들었다. 물론 BOY에는 들리지 않게 작게, 남들이 들으면 정말 어이없는 말을 했다.

"자자~ 가자, 가자. 어차피 업적도 안 주는 쓰레기 몹. 그런 거 잡아서 뭐하냐?"

그리고 얼마 지나지 않아, 비명소리가 들려왔다.

CHAPTER 6

녹색 이름으로 표시되는 오크는 하얀색 이름으로 표시되는 오크보다 약한 것이 분명했다. 그렇지 않고서야 방금 앞의 길드가 그렇게 쉽게 잡을 리 없었으니까. 그 판단은 적어도 상식선에서 보자면 그리 틀린 생각은 아니었다. 그런데 문제는 인하 길드가 상식선을 훨씬 벗어난 길드라는 거다. 아예 전제조건이 틀려 버렸다. 인하 길드는 상식선에서 생각하면 안 되는 길드다.

　어쨌든 자신감이 충만해진 김강성은 자신 있게 전투 필드를 펼쳤다.

'오늘 한 번 대박 터뜨려 보자!'

그런데 있을 수 없는 일이 벌어졌다. BOY의 주력 방어 슬레이어 이창석이 오크의 공격에 H/P가 대부분 깎여 나갔다. 정통으로 얻어맞은 것도 아니고 방패로 막았는데도 그랬다.

'무, 무슨 저딴 일이······.'

김강성은 침을 꿀꺽 삼켰다. 그가 알기로 이창석의 방어력은 약 2,500~3,000 수준. 게다가 H/P도 무려 3천에 이른다. 그러니까 지금 수치상으로 보자면 방패로 막았음에도 불구하고 거의 5천에 달하는 대미지가 들어왔다는 소리다. 트롤의 공격보다도 강했다. 저 정도면 충격 수치가 못해도 7천은 될 거라 생각했다.

BOY는 이름은 비록 BOY지만 여성 멤버도 있다. 힐러인 정세라다. 정세라가 황급히 힐을 외쳤다. 연속해서 힐을 사용했지만 이창석의 H/P를 모두 채우는 데에는 역부족이었다.

오크의 몽둥이 공격이 다시 시작되기 직전, BOY의 길드장 이석훈이 외쳤다.

"창석아! 일단 뒤로 피해!"

이건 위험했다. 도망쳐야만 했다. BOY 최고의 방어형 슬레이어의 H/P가 단 한 번의 공격으로 거덜 났다. 공격이 제대로 들어갔으면 사망했을지도 모를 일이었다. 일격에 사망하지 않은 건 정말로 다행이었다.

길드장 이석훈이 황급히 말했다.

"일단 전부 후퇴! 전원 각자 전투 필드 펼쳐! 각자 흩어져서 길드 하우스에서 보자!"

오크는 그렇게 빠른 개체는 아니다. 도망치려면 얼마든지 도망칠 수 있는 개체였다. 모두 탈출을 시도했다. 개인이 펼칠 수 있는 전투 필드는 개인마다 다르지만 5분 정도는 된다. 5분이면 충분히 도망칠 수 있으리라. 각기 다른 방향으로 움직였다.

그런데 있을 수 없는 일이 벌어졌다. 오크의 움직임이 예상보다 훨씬 빨랐다. 적어도 회복이나 보조 슬레이어보다는 훨씬 빠른 움직임을 보였다. 그리고 그 오크는 상대적으로 가장 느린 정세라와 김강성을 노렸다.

다른 슬레이어들과 마찬가지로 개인 전투 필드를 펼치고 도망치려던 길드장 이석훈이 이를 악물었다.

'제기랄……!'

아까 전의 길드가 쉽게 잡는 걸 보고 당연히 약하다고 생각했다. 그런데 너무 강했다. 이 정도면 트윈헤드 트롤보다도 더 강한 것 같았다. 그리고 트윈헤드 트롤보다 더 빨랐다. 오크는 성난 멧돼지처럼 가장 가까이에 있는 회복 슬레이어 정세라와 보조 슬레이어 김강성에게 달려들었다.

이석훈이 정세라를 향해 뛰었다. 이대로 두면 약간 뒤처져 있는 정세라가 오크에게 따라잡히게 된다.

'한 대 정도… 잘 빗겨 맞는다고 하면, 나는 괜찮을 거야.'

솔직히 위험했다. 그러나 방어형 슬레이어인 이창석은 여기까지 쫓아올 스피드가 없다. 게다가 H/P도 회복이 안 됐다. 그렇다면 지금 세라를 보호할 수 있는 건 자신뿐이라고 생각했다.

이석훈이 어떻게든 어그로를 끌어보려고 악을 바락바락 쓰며 따라붙었다.

"여기다, 이 개새끼야! 여길 봐라!"

오크의 몸이 잠깐 움찔하는가 싶었지만 뒤쪽에서 쫓아오는 이석훈을 쳐다보지는 않았다. 어그로를 끌어당길 수가 없었다. 오크는 바로 앞에서 도망치는 정세라와 김강성을 노렸다. 김강성과 정세라가 같이 뛰고, 그 다음을 오크가 그리고 그 다음을 이석훈이 쫓고 있는 형국이 됐다. 다른 멤버들은 각기 다른 루트로 도망에 성공하게 될 거다.

김강성 역시 이를 악물고 달렸다. 어떤 우여곡절을 겪어 여기까지 왔는데 이렇게 죽을 수는 없었다. 방어형 슬레이어의 피가 단 한 방에 곤죽이 되었으니 자신은 빗겨 맞아도 사망일 것이 분명했다. 자존심이고 뭐고 일단 도망쳐야 했다.

'씨팔, 언제까지 쫓아오는 거야!'

이대로는 위험했다. 거의 따라잡혔다. 저만치 뒤에서 길드장 이석훈이 따라오는 것 같기는 한데, 이쪽을 도울 만큼 빠르지는 못했다.

'젠장……! 거의 따라잡혔다!'

결국 따라잡히고 말았다. 그때 김강성에게 좋은 생각이 떠올랐다.

'전투 필드 해제!'

전투 필드를 해제했다. 지금 정세라가 자신과 비슷한 속도로 뛸 수 있는 것은 전투 필드가 펼쳐져 있기 때문이었다. 정세라의 경우는 민첩에도 약간 투자를 했는지 달리기가 꽤 빨랐다.

전투 필드가 해제되자 전투 필드를 공유하고 있던 정세라의 몸이 휘청거렸다. 미리 대비하고 있던 김강성은 별 무리 없이 달리기를 이어갈 수 있었다. 정세라는 갑자기 속도가 느려지면서 중심을 잡지 못하고 넘어졌다. 김강성은 핑계를 댈 수 있었다. 전투 필드의 시간이 다 되었다고 말이다.

'됐다!'

뒤를 쳐다보지는 못했지만 아마도 정세라는 중심을 잃고 넘어진 것 같았다. 오크는 정세라를 공격할 거다. 그러면 자신은 안전하게 도망칠 수 있다고 생각했다.

정세라는 아파할 새도 없었다. 빨리 몸을 일으켜 도망쳐

야만 했다. 그런데 오크의 몽둥이가 가까이 다가왔고 그녀는
비명을 질렀다.

＊　　　＊　　　＊

'임팩트 컨트롤.'

현석은 그 스스로 낼 수 있는 최대한의 속도로 달렸다. 그
리고 생각할 새도 없이 몸을 던졌다.

쾅!

요란한 소리가 났다. 오크의 몽둥이가 현석의 뒤통수를
때렸다. 익숙한 알림음이 들려왔다.

[급소를 가격당했습니다.]
[크리티컬 대미지가 적용됩니다.]
[대미지 ─0]

크리티컬 대미지가 떴는데 대미지가 0이 나왔다. 그런 등
급의 오크는 현석에겐 적도 아니었다. 다만 일반 오크는 현
석을 보면 공격을 하지 않았는데 이 오크 같은 경우는 강한
적개심을 내비쳤다.

현석은 뒤를 힐끗 쳐다봤다.

"괜찮아요?"

"아… 네……?"

여자는 너무 놀란 나머지 말을 제대로 잇지 못했다. 갑자기 어디선가 휙 하고 나타나 뒤통수를 얻어맞았는데 H/P가 너무 멀쩡했다. 저렇게 맞으면 분명 크리티컬 샷이 떴을 거다. 그럼에도 저렇게 멀쩡할 수는 없었다. 적어도 상식선에서는 말이다.

'뭐, 뭐, 뭐야……? 지, 지금 무슨 일이 벌어진 거야?'

한편, BOY의 길드장 이석훈은 슬레이어가 된 이후로 처음 후회라는 걸 했다. 정세라를 구할 수 없겠다는 좌절과 절망감이 머릿속을 가득 채웠었다. 머릿속이 새하얗게 변해 버리는 느낌이었다. 그런데 갑자기 어디선가 아까 그 견습 슬레이어가 나타나 몸을 던졌다. 저러면 죽을 것이 분명해 보였다. 저렇게 뒤통수를 강하게 가격당하면 크리티컬 샷이 뜰 확률이 매우 높다. 방어형 슬레이어가 방패를 든 상태로 막았는데도 대미지가 매우 큰, 엄청나게 강한 몬스터의 공격이다. 그 공격을 뒤통수로 받아냈다. 이석훈의 몸이 굳었다.

'사, 살아 있다?'

그런데 살아 있었다. 그냥 살아 있는 것도 아니고 아주 멀쩡했다. H/P바에 흠집도 안 났다. 크리티컬 샷이 떴을 것이 분명해 보였는데도 말이다. 이건 있을 수 없는 일이었다.

'오크가 어째서… 공격을 안 하고 있는 거지?'

현석의 반탄력 때문에 일시 스턴이 걸렸다는 걸 알 리 없는 이석훈은 이유야 어찌 됐든 안도했다. 정세라가 무사했다. 일단은 그거면 됐다. 갑자기 저도 모르게 눈물이 핑 돌았다.

"세라야!"

이석훈은 넘어진 정세라를 황급히 일으켜 세웠다. 현석에게 고맙다고 말할 새도 없었다. 이석훈의 눈에 눈물이 그렁그렁했다. 달려오면서 어지간히도 걱정했나 보다. 정세라도 죽음의 위기에서 벗어났다는 걸 본능적으로 느꼈는지 이석훈을 와락 껴안았다.

현석은 피식 웃었다. 이 둘의 감동적인 재회는 재회인데,

"아니, 얘 아직 안 죽었거든요?"

현석이 뒤통수를 긁적거렸다. 오크는 아직 안 죽었다. 스턴에 걸려 잠깐 가만히 있는 것뿐이다. 이제 곧 스턴 풀릴 거다. 물론 그전에 대충 치면 그냥 죽겠지만. 지금 오크는 예비 사체다.

이석훈이 그제야 정신을 차린 듯 황급히 허리를 숙였다. 90도도 아니고 한 120도쯤 숙인 것 같다. 왕방울만한 눈물을 뚝뚝 흘리면서 감사하다고 말을 하는데 이대로 두면 무릎이라도 꿇을 기세였다. 정세라 역시 두 눈이 시뻘개져서

고맙다고, 생명의 은인이라고, 이 은혜를 어떻게 갚아야겠냐며 고마움을 표시했다.

'이 기분, 뭔가 나쁘진 않네.'

척 보니까 아무래도 이 여자는 20대 초반 정도의 민서또래로 보였다.

이제 30대에 접어든 현석에게는 핏덩이처럼 보였다. 죽음의 위기에 처한 사람을 구해냈다는 건 나름대로 꽤 기분이 괜찮았다.

'애초에… 애네로는 상대가 불가능하긴 했지.'

일부러 저들이 사냥하는 걸 가만히 놔뒀다. 그래야 저희들의 힘으로 역부족이란 걸 알 수 있을 테니까. 김강성에게 화가 났던 것도 사실이고. 하지만 주의를 놓지는 않고 있었다. 전투 필드도 펼친 상태였다. 이 여자도 나름 운이 좋기는 했다. 다행히 현석이 있는 방향쪽으로 도망쳤으니까. 현석이 있는 방향이 하산하는 방향이었으니까 꽤 괜찮은 선택이었다고 볼 수도 있겠다.

'김강성은 또… 저랬네.'

문득 화가 치밀어 올랐다. 손 안의 핸드폰을 만지작거렸다. 세상에는 다양한 사람들이 있다. 그 다양성을 부정하지는 않는다. 그렇지만 김강성은 너무 이기적인 행태를 보였다. 일부러 전투 필드를 없애는 게 눈에 훤히 보였다. 아마 그럴 듯한 핑계를 댈 거다. 도망치느라 당황해서 전투 필드가 풀리는 지 몰랐다고 말이다. 어쨌거나 몸을 뺄 구석은 만들어 놨다는 거다. 그래서 더 아니꼬웠다.

'아니. 내가 봐도 완전 애기들인데 이런 애들을 버리고… 지만 살겠다고 그 짓을 해?'

주먹을 꽉 쥐었다. 아무리 생각해도 김강성은 정말 마음에 안 들었다. 조금 위험을 감수하더라도 같이 도망치려면 도망칠 수 있었다. 하지만 중간에 자신이 살 확률을 더 높이기 위해 일부러 정세라를 먹이로 던져줬다. 아주 질이 나빴다.

정신을 차린 정세라가 비명을 질렀다.

"뒤, 뒤, 뒤에!"

쿵!

소리가 났다.

정세라가 보기에 이번엔 정말로 위험한 공격이었다. 저 오크의 공격이 얼마나 무시무시한지 안다. BOY에서 가장 방어력이 높은 방어형 슬레이어 이창석도 제대로 못 막고 죽을 뻔했다.

그런데 정작 현석은 아무것도 못 느꼈다. 어차피 노멀 모드에선 고통이 느껴지지 않는다. 맞은 것도 타격 소리가 나고 알림음이 떠서 알았다. 크리티컬 샷이 또 떴는데 역시나 대미지는 0. 이런 크리티컬 샷, 맞아봤자 아프지도 않다.

현석은 주먹을 꽉 쥔 상태로 약간의 분노를 담아 오크의 안면을 후려쳤다. 퍽 소리와 함께 오크는 사체가 됐다. 그린 스톤도 드롭했다.

이석훈은 침을 꿀꺽 삼켰다. 불가능한 일이 눈앞에 벌어졌다. 두 눈을 비볐다.

"어, 어떻게… 이, 이런……."

*   *   *

현석은 정의감에 불타는 사도는 아니다. 그냥 자기한테 이득이 되면 좋아하는 평범한 사람이다. 성형은 항상, '이런 힘을 갖고 평범함을 유지하는 것 자체가 이미 거의 불가능에 가까운 것'이라고 말을 하기는 했지만 어쨌든 현석은 슬레이어로서의 힘을 제외하면 평범한 사람에 가까웠다.

하지만 이번에는 좀 화가 많이 났다. 싸이클롭스 사건 때, 김강성은 싸이클롭스를 연신내로 유인해서 140명이 넘는 민간인 사망자를 냈다. 군인까지 포함하면 200명이 넘게 죽었다. 헬기도 2대나 폭파됐었다.

뿐만 아니라 가증스럽게도 피해자인 척까지 했다. 경찰도 그걸 알지만 그냥 넘어갔다. 김강성이 보조 슬레이어로 각성

함에 따라, 김강성에게 악영향을 주지 않는 게 좋겠다는 유니온의 입장 때문이었다.(한국에는 슬레이어가 겨우 1만여 명 밖에 없다. 그래서 한국 유니온에게 슬레이어는 굉장히 귀중한 자원이다.)

현석이 말했다.

"이번에도 또 그러더라고요. 그놈… 어떻게 처리할 수 있는 방법 없어요?"

현석이 진심으로 짜증을 냈다. 그렇다고 '너 짜증나니까 죽어'라고 두드려 팰 수도 없다. 그는 법치주의 국가에서 살아가는 사람이다. 그리고 현석은 나름대로 평범한(?) 30세 청년이다. 누구나 으레 늘 그렇듯, 친구에게 뒷담화 하듯 성형과 대화를 나눴다.

그 얘기만 한 건 아니었다. 그린 등급의 몬스터 얘기부터 해서, ㈜소리가 앞으로 '글록'이란 회사와 제휴를 맺을 거란 얘기까지. 많은 얘기를 나눴다. 현석이 강성에 대해 짜증을 낸 건, 많은 대화 중 일부였을 뿐이다.

성형이 말했다.

"현석아, 나도 생각해 봤는데… 그런 슬레이어는 오히려 유니온 측에도 악영향만 끼칠 거 같다."

"그렇죠? 아주 나쁜 놈이라니까요."

원래 바깥의 적보다 내부의 적이 무서운 법이다. 중요한 순간에 배신하는 군인은 오히려 적보다 더 무서운 적이라고 할 수 있었다. 현석은 그냥 혼잣말로 투덜댔다.

"그런 놈들은 아주 그냥 묵사발을 내야 하는데."

성형은 피식 웃고선 아메리카노를 마셨다. 성형에게 뒷담화(?)를 실컷 풀어놓은 현석은 마음이 조금 후련해졌다. 성형은 다음 날, 유니온 차원의 제재에 들어갔다. 김강성의 슬레이어 자격을 6년 정지시켰다. 자신이 살기 위해 일부러 동료 슬레이어를 버렸다는 것이 그 사유였다. 현재 슬레이어 라이센스에 관한 권한은 전적으로 유니온이 갖고 있다.

자격 정지 처분을 받게 된 김강성이 분통을 터뜨렸다.

"증거 있어? 증거 있냐고!"

증거는 당연히 없을 거다. 김강성은 변호사를 선임하고 법적 조치에 나서겠다며 으르렁거렸다. 이번 사건은 제법 이슈화됐다. 성형은 일부러 이 사건을 크게 만들었다. 처음에는 김강성을 옹호하는 여론이 대세였다. 사실상 김강성도 억울하지 않은가.

"확실히… 그런 상황이면 전투 필드가 풀리는 지 몰랐을 수도 있네."

"실수인 것 같던데… 6년 정지는 너무 심했다. 가정도 있는 거 같던데 어떻게 살라고?"

여론이 어느 정도 형성됐을 때, 박성형이 어디론가 전화를 걸었다.

　―그런 이기적인 슬레이어 한 명 때문에, 여러 명의 슬레이어가 희생당하는 상황이 오게 되느니 그냥 그 슬레이어를 포기하는 편이 낫습니다. 한국 유니온은 이제 더 이상 그를 지지하지 않습니다.

　사실 말만 번지르르했지, 성형이 이런 선택을 한 것에는 현석의 한 마디가 제일 큰 영향력을 발휘했다.

　현석은 물론 인간적으로도 굉장히 좋은 친구다. 적어도 성형은 그렇게 생각하고 있었다. 그러나 그것과 별개로 현석은 한국 유니온에서 무조건 잡아야 하며 무조건 떠받들어야 할 플래티넘 슬레이어이기도 했다.

　―예, 그렇게 처리해 주세요.

　현재 한국 유니온이 지금의 위치를 공고히 다질 수 있는 것도 따지고 보면 플래티넘 슬레이어 덕분이 아니던가. 플래티넘 슬레이어가 강한 구심점이 되어주고 있기 때문에 지금 한국 유니온이 한국의 단일 유니온으로 우뚝 설 수 있었다. 당장 옆 나라, 일본만 해도 지금 제1 유니온의 자리를 놓고 이치고와 쿠마가 세력을 다투고 있는 상황이 아니던가.

　어쨌든 이번 슬레이어 자격 정지 사건은 꽤나 이슈화되었는데, 얼마 지나지 않아 충격적인 소식들이 밝혀졌다.

〈전 기자 김강성. 싸이클롭스 사건의 원흉으로 밝혀지다!〉

구산 사거리에서 입수된 고화질 CCTV의 영상과 더불어 전문가들의 판단까지 더해졌다. 김강성이 자신이 살기 위해 일부러 연신내로 진입했다는 것이 밝혀졌다.

거기다 자기가 살기 위해 전투 필드를 일부러 없애버렸다는 소식이 전해졌다. 이건 현석이 가진 동영상이 증명해 줬다. 현석이 애초에 처음부터 동영상을 찍고 있었다.

"그 동영상 봤어? 김강성 그 개새끼?"

"봤어. 와, 그 새끼 완전 개새끼던데?"

"전투 필드 풀리는지 몰랐다며? 근데 지는 어떻게 그렇게 멀쩡해?"

"지가 일부러 풀었다는 증거지. 마음속으로 준비를 하고 있지 않은 이상 그렇게 자연스럽게 움직일 순 없잖아."

"그거뿐만이 아냐. 아주 질적으로 썩은 새끼야. 죽여 버리고 싶다 진짜."

그것뿐만이 아니었다. 친분을 이용해서 허위 보도를 하면서, 자기가 마치 선량한 피해자인 척했다는 사실도 연달아 보도됐다. 경찰 측에서도 아예 맘을 잡고 김강성에 대해 탈탈 털었다. 사소한 탈세부터 시작해서, 기자 시절 뇌물 수수와 같은, 걸 수 있는 모든 죄목을 다 걸고 넘어졌다. 완전히 인간쓰레기로 만들어 버렸다.

그리고 결정적으로 운전수였던 이상훈이 남긴 유서가 대중에 발표됐다. 이건 진작부터 경찰이 갖고 있었는데 일부러 덮었었던 거다. 이게 발표되자 김강성에 대한 비난 여론이 더욱더 거세게, 폭풍처럼 불어닥쳤다. 따지고 보면 이상훈은 약간은 억울하게 자살하게 된 것 아니던가. 그에 반해 김강성은 보조 슬레이어가 되어 떵떵거리며 살게 됐었다. 비록 짧은 시간이었지만 말이다.

김강성의 얼굴과 신변이 SNS를 통해 빠르게 확산됐다. 싸이클롭스 사건 때 군인까지 포함해서 200명을 넘게 죽인 희대의 살인마이자 비겁자라는 자극적인 제목으로 말이다.

"그런 새끼는 사형시켜 버려야 돼."

"지 목숨만 중요하고 다른 사람 목숨은 중요하지 않다 이건가?"

심지어 김강성은 구치소에서도 집단 구타를 당해 격리 수용됐다. 김강성은 사회적으로 완전히 매장됐다. 형량은 아직 정해지지 않았다. 그러나 아마 유니온의 입김과 여론 때문에 결코 가볍지 않은 형량이 정해질 가능성이 높았다. 징역살이는 이미 확정이다.

다만 감옥 안에서도 피눈물을 쏟게 됐다. 수감자들도 김강성을 보면 이를 갈았다. 툭하면 밀치고 때리고 욕했다. 밖에 나오면 더할 거다. 범죄자 중에서도 완전히 악질 범죄자가 되어버렸으니까. 앞날이 창창할 줄 알았던 김강성의 인생이 거기서 끝났다.

＊　　　＊　　　＊

"야, 이거 네가 한 거냐?"

"뭐가?"

"김강성. 그 사람 맞지? 그때 우리 그… BOY? 걔네랑 같이 있던 얍삽한 아저씨."

현석은 딱히 대답하지 않았다.

"애초에 너 이러려고 동영상도 찍고 있었잖아."

종원이 현석을 물끄러미 쳐다봤다. 그러다가 몇 초가 지난 뒤 크게 웃었다.

"야! 이제부터 네가 미친개 해라! 이거 아주 악질적으로 아름다운 새끼네! 속이 다 시원하다!"

이게 칭찬인지 욕인지 잠깐 헷갈린 현석이 인상을 살짝 찡그렸다.

"난 별로 한 거 없거든?"

사실 현석이 한 일은 별로 없었다. 유니온에 가서 성형과 수다 떨며 걔 마음에 안 든다, 좀 쥐어 패주고 싶다 정도로 말하며 미리 찍어놓았던 동영상을 유니온에 넘겨줬을 뿐이다. 나머지 일은 유니온이 알아서 다 진행한 것이다.

종원이 킥킥대고 웃었다.

"원래 부대에 스타가 뜨면, 먼지 한 톨 안 남는 법이지."

그렇다고 별쯤 되는 사람이 부대 내의 먼지나 낙엽에 신경을 쓰는 것도 아니다. 그런 거 크게 신경 안 쓰는데, 스타만 뜬다하면 사소한 것 하나까지—먼지 한 톨, 낙엽 하나—다 신경을 쓰게 된다. 그게 윗사람의 눈치를 볼 수밖에 없는 아랫사람이 보일 수 있는 성의니까.

하여튼 종원은 아주 악질적으로 아름다운 새끼라며 현석을 칭찬했고, 그 사건 이후로 시간이 좀 더 흘렀다.

그리고 그해, 여름이 왔다.

*　　　*　　　*

최하급 몬스터라 함은 보통 하루살이나 모기, 벌 등과 같은 몬스터들을 일컫는 말이다. 튜토리얼 모드 때부터 존재하던 몬스터들이었으며 지금에 이르러서는 일반인들에게도 그리 위협이 되지 않는다. 최하급 몬스터가 처음 나타났을 때에는 어린아이들과 노인들의 피해가 꽤나 컸지만 지금은 그에 대한 대비책도 마련되어 있어 크게 위협적인 건 아니었다. 대비책이라고 하면 여러 가지가 있겠지만 '대(對) 몬스터용' 모기향 및 살충제 그리고 백신 등이 대표적이라고 할 수 있겠다.

어린아이들이 있는 집안에는 '대(對) 몬스터용' 모기향을 미리 구비해 놓고 있는 추세고 정부에서도 이를 적극 지원하고 있다. 일반적 모기향에—전기 모기향이든 일반 모기향이든—화이트스톤을 포함시키면 꽤나 훌륭한 최하급 몬스터 방지책이 되었고, 일반 백신에 화이트스톤을 첨가하게 되면 부작용 없는 백신이 만들어졌다. 적어도 최하급 몬스터에 의한 공격에는 상해를 입지 않을 정도로는 말이다.

그런데 짚고 넘어가야 할 문제가 하나 있다.

종원이 물었다.

"민서 너도 예전에 노멀 모드에 진입한 이후에 최하급 몬스터의 공격을 받았을 때 간지럽다고 하지 않았냐?"

"응, 그때도 조금 이상하다고 생각하기는 했는데 그냥 간지러운 정도였어. 다들 그래서 그냥 그런가 보다하고 넘어갔지 뭐."

노멀 모드에 진입한 이후에, 민서는 모기 몬스터에게 물려가면서 공부를 했었다. 원래 노멀 모드에 진입하게 되면 H/P 감소 외에 외력이 작용하지 않는다. 물론 스킬 고유의 특수 효과나 타격음 등은 존재하지만 그 외에 다른 물리작용은 일어나지 않는다. 그런데 최하급 몬스터인 모기에게 몇 번이나 살을 뜯겼다. 실제로 살도 부어올랐었다.

사람들은 그것에 대하여 의문점을 제기했었으나 사실 크게 이슈화되지는 않았다. 어차피 슬레잉의 세계는 슬레이어들만의 리그. 일반인들에게는 별세계나 다름없다. 그런데 막상 슬레이어들은 최하급 몬스터들에게는 그리 신경을 안 쓴다. 대미지도 얼마 없고 보상도 없는, 슬레이어들의 눈으로 보면 일반 모기나 몬스터 모기나 어차피 거기서 거기다. 그렇다 보니 그냥, 그런 일이 있었나 보다하고 넘어갔었다.

그런데 노멀 모드에 접어든 이후, 첫 여름이 되자 이른바 '최하급 몬스터'들이 진화하기 시작했다. 이지 모드 때까지는, 그러니까 이지 모드 규격의 몬스터까지는 이름이 표시가 된다. 노멀 모드에 접어들면 이름은 사라지고—트롤부터 적용되는 사항이다—실드 게이지와 H/P바가 생겨나게 된다. 다시 말해 '모기 몬스터'는 '모기'라는 이름이 표기된다.

올해 7살, 내년이면 초등학교에 들어갈 나이의 개구쟁이 민수는 다리를 벅벅 긁었다.

"엄마, 다리가 이상해. 간지러워 죽겠어."

민수는 다리를 벅벅 긁기 시작했다. 민수의 어머니는 으레 있는 어린 아이들의 엄살이겠거니 하고서 물파스를 건네줬다. 그러나 그 간지러움은 점점 더 심해졌다. 점점 더 심해지다 못해 온몸에 붉은 반점이 돋았다. 얼마 후 이상함을 느낀 민수의 어머니는 119를 불렀다.

응급차에 탄 민수는 괴로움에 겨워 비명을 질렀다. "엄마! 나 죽을 거 같아! 이상해! 몸이 막 부글부글! 이상해!"라고 소리쳤다. 그리고 얼마 지나지 않아 충격적인 일이 벌어졌다. 민수의 몸이 부풀어 오르는가 싶더니 이내 폭발해 버렸다. 구급차 내에 피와 육편이 튀었다. 민수의 어머니는 혼절했고 구급대원들도 패닉 상태에 빠져들었다.

이러한 괴현상은 전국적으로 수백 건이나 발생했고 사람들을 공포에 몰아넣었다. 이유를 알 수 없는 미지의 병이었다. 처음에는 간지럽고, 그 간지러움이 심해지다가 이내 몸이 폭발해서 죽어버리는 병. 얼마 지나지 않아 그 병의 원인이 밝혀졌다.

〈최하급 몬스터들의 반란!〉
〈그린 등급의 최하급 몬스터 출현. 그로인해 질병 발생. 몬스터 디지즈라 명명.〉
〈최하급 몬스터들의 공격. 성인의 목숨까지도 위협, 치사율 70퍼센트.〉

그 병의 원인은 바로 '최하급 몬스터들'에 있었다. 여름에 접어들면서 최하급 몬스터들의 이름이 녹색으로 표시되기 시작했다. 그린 등급의 몬스터들이 본격적으로 나타나기 시작한 것이다. 그린 등급의 최하급 몬스터들. 그것들에게 공격을 당하면 일정 확률로 몬스터 디지즈에 걸리게 되는데 치사율이 무려 70퍼센트에 육박했다.

현석이 중얼거렸다.

"치사율이… 70퍼센트에 이른다니."

몬스터 디지즈.

어린아이는 물론 성인에게도 매우 위험한 질병이다. 사실상 질병이라고 하기에도 좀 애매한 것이 이 몬스터 디지즈가 병균에 의한 것인지 아니면 사람을 죽음에 이르게 하는 특수 스킬같은 것인지 아직 밝혀지지 않았다는 거다. 이유야 어찌 됐든 치사율이 70퍼센트에 이르는 몬스터 디지즈는 한국을 처음 시작으로 하여 전 세계에 불어닥치기 시작했다.

제아무리 잘난 플래티넘 슬레이어라도 이걸 어떻게 할 수는 없었다. 차라리 싸이클롭스처럼 위험한 대형몹 한 마리면 처리가 가능한데 최하급 몬스터들은 일단 그 숫자가 너무 많았다. 몬스터의 숫자 대부분을 차지하는 것이 바로 최하급 몬스터들이다. 아무리 죽이고 죽여도 어디선가 또 나타난다.

이것들은 어떤 의미로 싸이클롭스보다도 더 무섭다고 할

수 있겠다. 모기에 언제 물릴지 알고 물리는 사람은 거의 없다. 다시 말해, 은밀하고 빨라서 언제 공격을 당할지 예상할 수 없다는 것이다.

얼마 후 플래티넘 슬레이어라도 어떻게 할 수 없다던 최하급 몬스터들에 대한 대비책이 생겨나게 됐다.

〈그린 등급의 최하급 몬스터들. 그린 스톤이 포함된 살충제에 취약!〉
〈그린 스톤. 재고 확충 필요!〉

현대 과학 기술력으로 퇴치한 몬스터들은 언젠가 리젠된다는 것이 밝혀졌다. 그런데 최근 연구되고 있는 분야가 있다. 바로 몬스터스톤을 활용 혹은 첨가하여 무기를 만드는 거다. 그 첫 번째 예가 바로 몬스터스톤을 함유한 살충제라고 할 수 있었다.

그런데 또 그렇다고 그린스톤이 그렇게 흔한 물건도 아니다. 최근에는 1억 5천만 원가량에 거래되고 있다. 일단 지금 가격이 그런 거고, 그린스톤이 몬스터 디지즈를 막을 수 있는 하나의 방책이 된다는 사실이 알려지면 그 가격이 폭등할 거라고 예상되고 있다.

그런 물건을 누가 살충제를 만드는데 쓴단 말인가. 아무리 오크와 트윈헤드 오크 등 그린스톤을 드롭하는 몬스터들이 많아 졌다고는 해도 그린스톤은 분명 굉장한 보물이다.

현석이 중얼거렸다.

"방역 대책을 찾아내기는 했는데… 너무 값이 비싸다는 게 문제네."

화이트스톤은 싼 데다가 수량도 많았기 때문에 싸게 제작하고 싸게 파는 것이 가능했다. 그러나 그린스톤은 아니다. 수량 자체도 많지 않은 데다가 가격도 비싸다. 그린스톤을 함유한 살충제를 뿌리는 것은 결코 쉬운 일이 아니었다.

정부에서도 긴급 자금을 투입하고 그린스톤 100여개를 풀어 황급히 대책마련에 나섰으나 피해자 수는 계속해서 증가했다. 그린스톤 100개는 세계에 불어닥친 재앙을 막아내기엔 역부족이었다.

세계는 'M—20'이라는 새로운 국제기구를 만들었다.(사실 창설된 지는 6개월이 넘었는데 이번 사건을 계기로 보다 적극적으로 활동하게 됐다.) 몬스터와 관련한 문제를 해결하고자 만든 기구였는데, 이 20에는 기존의 '선진국'이라 할 수 있는 나라는 모두 들어가 있다고 보면 됐다. G—20과 거의 비슷했다.

"각 슬레이어들로부터 그린스톤을 강제로라도 차출해야 합니다."

"무슨 권리로 그럴 수 있단 말입니까?"

"······."

아무도 대답하지 못하는 와중에 중국 대표가 약간 거들먹거리며 말했다.

"중국은 가능합니다."

중국은 이미 그린스톤 물량을 많이 쟁여 놨다. 이 자리에서 발설하지 않고 있을 뿐.

괜히 이 자리에서 '우리는 수천 개가 넘는 그린스톤을 가지고 있다!'라고 밝혔다간 세계 평화와 인류 공동의 번영을 위한 고귀한 희생이라는 대명제 아래 빼앗기기 십상이다.

한국에는 그린스톤이 많이 나와 봐야 하루 10개 정도가 풀린다. 던전이 클리어되면 더 많이 나오기는 하지만 어쨌든 평균적으로 그렇다. 그에 비해 중국은 그보다 20배는 많이 나온다. 물론 면적과 사람이 많은 만큼 그린 등급의 최하급 몬스터들의 숫자도 엄청나게 많고 피해자도 많지만, 어쨌든 그린스톤의 절대적인 양은 타국에 비해 월등히 많다. 게다가 그들은 슬레이어들을 휘하에 꽉 붙잡고 있다. 슬레이어들의 그린스톤은 곧 중국 정부의 그린스톤이나 다름없었다.

각국의 대표들도 그 사실을 어느 정도는 알고 있다. 다만 '너희 그린스톤 많으니까 내놔!'라고 말하지 못할 뿐이다. 내놔라고는 말 못하고 서로 힘을 합쳐 이 위기를 극복해 나가자고 넌지시 돌려 말하고 있었다. 아직까지는 말이다.

중국 대표가 이어서 말했다.

"그러나 우리 중국만큼이나 많은 그린스톤을 보유하고 있을 거라고 짐작되는 개인을 알고 있습니다."

'개인'이란 단어에 더 힘을 실었다. 중국은 국가의 입장이다. 국가가 100개를 가진 것과 개인이 100개를 가진 것은 엄연히 다르다. 전자는 책임져야 할 사람이 많은데 후자는 그렇지가 않다.

각국 대표들의 눈이 빛났다.

'드디어 나왔다!'

다들 일부러 말을 안 하고 있었다. 이곳에 모인 사람들은 바보가 아니다. 적어도 한 나라를 대표하는 사람들이다. 그들이 플래티넘 슬레이어의 존재를 모를 리 없다. 플래티넘 슬레이어는 최근 몬스터 웨이브를 싹쓸이하다시피 했다. 몬스터 웨이브를 처리하면 그린스톤이 거의 100개 가까이 드롭된다. 당연히 그린스톤도 많이 소유하고 있을 거다.

다만, 가장 먼저 말을 꺼내고 싶지 않아서 말을 아끼고 있을 뿐이었다. 뭐든지 처음 총대를 멘다는 건 그만큼 리스크를 감수해야만 하는 일이니까.

'좋았어!'

'중국이 먼저 말을 꺼냈어!'

'묻어갈 수 있겠다!'

사람들의 표정이 달라지자 중국 대표의 어깨에 힘이 잔뜩 들어갔다. 남들은 아무도 못하는 것을 해냈다는 우월함 비슷한 것을 느끼는 모양이었다.

M—20 정상 회의에 참여한 한국 대표 문명정은 식은땀을 흘렸다. 왠지 분위기가 영 심상치 않다.

세계의 위기인 건 맞다. 하루에도 전 세계적으로 수백 명씩 죽어가고 있다. 그런데 그런 위기라고 해서 플래티넘 슬레이어에게 그린스톤을 내놓으라고 강요할 수는 없는 노릇이다. 그는 세간에 알려진 것처럼 훌륭한 성인군자가 아니다.

중국 대표가 자못 비장한 태도로 말했다.

"물론 평화적이고 아름다운 방법으로 제의를 해야겠지만 만약 플래티넘 슬레이어가 혼자서 욕심을 부리려 든다면 다소 강압적인 방법까지도 고려해야겠지요."

다른 대표들은 별다른 말은 하지 않았지만 속으로는 쾌재를 불렀다. 아무래도 중국에서 알아서 할 모양이다. 그들도 중국 내 슬레이어 위치를 알고 있다. 그러니까 저런 무식한 말을 하는 거다. 다들 중국 대표를 밀어주는 분위기가 됐다.

중국 대표가 으스대며 말했다.

"우리 중국만 믿으십시오. 우리가 나서서 좋은 결과를 이끌어 내겠습니다. 한국 대표께선 자리를 한 번 만들어주셨으면 좋겠군요."

중국 측 대표이자 중국 유니온의 간부이기도 한 그는 하늘 아래 중국인이 최고이며 자신들이 말하면 누구나가 따를 거라고 생각하는 모양이었다.

CHAPTER 7

시간이 조금 더 흐르자 그린 등급의 최하급 몬스터들이 군집을 이루기 시작했다. 벌은 벌끼리, 하루살이는 하루살이들끼리, 모기는 모기끼리. 몬스터 웨이브와 비슷한 형태로 몰려다니기 시작한 거다. 대량 처리를 하기엔 좋기는 한데 그 수가 워낙에 많으니 쉽게 처리하기도 힘들었다.

그나마 좋은 성과를 거둔 곳도 있기는 있었다.

서울 목동.

인하 길드가 길드 하우스를 설립한 덕택에 최상위 급 슬레이어들이 슬슬 모여들고 있는 '슬레이어 타운'에도 모기 떼가 나타나는 소동이 벌어졌었는데 최상위 급 슬레이어 수십 명이 모여 퇴치했다. 현석이 ㈜소리로부터 제공받은 프로토타입의 '그린스톤을 포함한 살충제'가 큰 힘을 발휘했다.

'마치… 몬스터 웨이브의 형태와 비슷하다.'

몬스터 웨이브라고 하기에는 힘들었지만 대단위로 군락을 이루었다는 점에 있어서 몬스터 웨이브와 어느 정도 유사성을 갖고 있다고 할 수 있었다.

현석이 말했다.

"형님, 혹시 최하급 몬스터들을 유인할 수는 없을까요?"

현석은 현석 나름대로 대비책을 강구했다. 전 세계적으로 하루에 수백 명씩 죽어나가고 있다. 지금이야 수백 명인데 그 숫자는 점점 더 빠르게 늘고 있는 추세다. 제2의 흑사병이라고 해도 좋을 만큼 몬스터 디지즈는 인류에게 굉장히 치명적이었다.

그린스톤을 이용한 살충제 등의 확보와 백신의 개발이 시급했다.

"방법은 어렵지 않을 거야."

성형은 한국 유니온의 유니온장임과 동시에 ㈜소리의 실질적 주인이다. 방법은 어렵지 않을 거다. 이미 연구가 꽤 많이 진행되었고 조만간 웨어울프처럼 최하급 몬스터들을 유인하는 방법도 개발될 거다.

"이미 진행 중이고. 조만간 결과가 나올 거야. 한곳에 모아 놓고 한꺼번에 불태우면 어느 정도 효과는 볼 수 있겠지. 이미 대단위로 뭉치고 있는 형국이고. 그 군집들을 인위적으로 더 모을 수 있다면 크게 도움이 될 텐데… 다만 문제는 모아 놓은 다음 그놈들을 처리하러 누가 가느냐는 건데……."

최하급 몬스터들을 모으는 것은 그렇게 어렵지 않다. 전국의 모든 몬스터들을 모을 수는 없지만 그래도 일정 지역의 일정 숫자를 모으는 것은 어느 정도 가능할 거다. 그런데 그렇게 모아놓으면 수십만 마리가 넘을 텐데, 거기에 접근해서 놈들을 처리할 사람이 없다는 게 문제다. 누가 거길 접근하고 싶어 할까. 잘못 물리면 몬스터 디지즈에 걸리는데 말이다.

현석이 씨익 웃었다.

"제가 가죠."

"아무리 너라도 위험할 수도 있어."

몬스터 디지즈는 H/P나 방어력과는 별개의 문제다. 몬스터 디지즈는 엄연히 '질병'으로 분류되고 있다. 물론 아직 불치병이지만. 상위 급 슬레이어들 중 일부도 몬스터 디지즈의 희생자가 됐다.

현석이 말했다.

"아뇨. 전혀 위험하지 않아요."

"뭐라고?"

"저 이미 물려봤어요. 알림음 뜨던데요? 독 대미지가 ―3 정도씩 계속 뜨더라고요."

―3이 계속됐다. 그렇게 약 3천정도 달았다.

그 이후로 H/P 감소는 없었다. 독 대미지는 방어력을 무시하는 특성을 가졌다. 그러니까 몬스터 디지즈는 숫자로만 따졌을 때 약 3천 가량의 대미지를 갖고 있다고 보면 됐다.

"게다가 이거 계속 물리잖아요? 그럼 내성이 생겨요."

"내성이 생긴다고?"

"네, 저항력 스탯이요."

성형이 벌떡 일어섰다.

"뭐라고? 저항력 스탯?"

저항력 스탯이란다. 이건 아직 성형도 모른다. 아니, 성형뿐만 아니라 전 세계의 그 어느 누구도 모르는 내용이었다.

현석이 침착하게 설명을 이어나갔다.

"네. 새로운 스탯이 생긴 거죠. 세영이의 독검이랑 시중에 풀린 독 아이템이랑 그린 등급 최하급 몬스터들로 실험해 봤어요. 확실히 스탯 생겨요. 게다가 저 같은 경우는 예전에 자이언트 터틀한테 많이 얻어맞은 것 덕분에 저항 스탯이 금방 생긴 것 같더라고요."

본래 스탯은 지성, 민첩, 체력, 힘. 이렇게 4개다. 여기에 저항력 스탯이 추가됐다. 성형이 믿을 수 없다는 듯 다시 한 번 확인했다. 노멀 모드에는 스탯이 4개다. 그게 정설이다.

"그러니까… 원래의 4개 말고, 다른 스탯이 생겼다는 거야?"

현석이 본론을 말했다.

"네. 그리고 저 모드 변경됐어요."

"모드가 변경됐다니? 설마… 하드… 에 들어섰다고?"

"아뇨. 하드는 아니구요."

현석이 말을 이었다.

"PRE—하드라고 되어 있네요. 진짜 하드는 아니고 그전에 준비 단계나 뭐, 그런 뜻 같아요."

성형이 침을 꿀꺽 삼켰다.

"도대체 무슨 일이 있었던 거야? PRE—하드라니?"

현석이 대단한 건 원래 알고 있다. 그건 누구도 부정할 수 없는 사실이다. 그런데 이건 몰랐다. PRE—하드 모드라니. 아마도 전 세계 최초일 거다. 그리고 그 최초의 PRE—하드 모드 슬레이어가 한국 유니온 소속이라는 사실에 성형은 안도와 감사를 동시에 느껴야만 했다.

현석이 PRE—하드 모드에 진입하게 된 배경과 모드가 변경되면서 바뀌게 된 점들을 설명하기 시작했다.

*   *   *

M—20 회담이 개최되기 며칠 전.

현석을 비롯한 최상위 급 슬레이어들이 거주하고 있는 목동은 일종의 안전지대처럼 인식되고 있다. 이른바 슬레이어 타운이 그곳인데, 이번에 나타난 몬스터들을 커다란 피해 없이 막아낼 수 있었다.

처음에는 힐러들이 고생을 좀 많이 했다. 그런데 시간이 지나자 힐러들은 한숨 돌릴 수 있었다고 했다. 그들이 슬레잉에 나섰던 건 모기 몬스터. 모기는 방어력을 무시하는 독 대미지를 가지고 있었는데 모기의 독에는 내성이라는 게 생기게 됐다. 당연히 현석이 최초였다.

'아무래도 나는 자이언트 터틀의 산성 독에 많이 맞아서 스킬이 금방 생긴 모양이다.'

아무래도 그런 것 같았다.

'내가 아이템만 제대로 사용할 수 있었으면 훨씬 수월하게 잡을 수 있었을 텐데.'

현석의 경우는 그린스톤을 함유한 살충제를 사용하지 못한다. 시스템이 아이템을 활용하는 것을 금지시켜 놨다. 전투 필드를 펼친 상태에서는 '슬레잉에 도움이 될 만한 물건'은 사용이 안 된다. 그래서 그 살충제는 다른 슬레이어들이 이용했다. 그린스톤을 함유한 살충제는 그 효과가 탁월했다. 뿌리는 족족 몬스터들이 땅바닥에 떨어져 사체가 되어버리곤 했으니까. 이후에는 ㈜소리에서 지원받은 '그린스톤을 함유한 화염방사기'를 사용했는데 곤충 형태의 몬스터들에게는 그야말로 재앙 수준이었다.

어쨌든 그건 현석은 사용할 수 없는 무기다. 현석의 경우는 조금 특별했다. 현석은 맨손으로 싸워야만 했다. 사실상 아무리 그린 등급의 몬스터라고는 해도 대충 휘두르기만 하면 죽는다. 다른 슬레이어들은 살충제나 화염방사기 등으로 싸우는데 현석은 그렇지 못했다. 현석 혼자 어그로를 다 잡아끌었다. 문제는 수가 굉장히 많다는 것. 그 와중에 공격도 참 많이 받았다.

그리고 공격받는 와중에 임팩트 컨트롤은 항상 가동시켰다. 어차피 액티브 스킬이고 쓸 때마다 숙련도가 오르니까.

그렇게 시간이 지났을 때, 임팩트 컨트롤에 변화가 생겼다.

[스킬. 임팩트 컨트롤의 레벨이 MAXIMUM에 도달합니다.]

힐과 체술이 상급 혹은 최상급으로 업그레이드되기 전에 들렸던 알림음과 비슷한 알림음이 들려왔다. 레벨이 맥시멈에 도달했단다.

[스킬. 임팩트 컨트롤이 임팩트 리플렉팅으로 업그레이드됩니다.]

임팩트 컨트롤이 업그레이드되어 임팩트 리플렉팅으로 전환됐다. 모기 몬스터 수만 마리가 달려들어 수없이 물어뜯기다 보니 독 대미지가 계속 누적됐다. 한 마리당 거의 3천씩 H/P를 깎는 무시무시한 독이다. 그런 모기 수만 마리에게 물어뜯기고 있는 중이다. 현석의 H/P에도 당연히 손상이 갔다. 평화가 이를 악물고 힐을 계속 넣었을 정도였다. 물론 현석 스스로도 계속해서 힐을 사용했고. 다행인 것은 독 대미지가 일정 수준 이상은 중첩되지 않는다는 것이었다.

다만 민서는 발을 동동 굴러야만 했다. 엄청나게 많은 곤충 몬스터 사이에 파묻혀, 거의 보이지도 않는 오빠 때문에 걱정돼서 죽는 줄 알았다. 다른 슬레이어들은 모기가 들어오지 못하도록 특수 제작한 옷을 입고 있는데 현석은 그런 아이템을 못 쓰니까 더 걱정이 됐다.

현석은 방어구뿐만 아니라 무기도 사용 못한다. 특수 제작된 대형 살충제를 뿌려대고 있는 최상위 급 슬레이어들과는 달리 현석은 팔을 마구 내저으며 모기 몬스터들을 죽여 댔다. 마치 모기 몬스터가 무서워 아무렇게나 팔을 막 휘젓는 것 같은 느낌이었는데 신기한건 그의 팔에 부딪칠 때마다 모기 몬스터들이 우수수 떨어져 내렸다. 심지어 살충제보다도 죽이는 속도가 더 빨랐다. 신기하다면 신기한 광경이었다.

그린 등급의 모기 몬스터 군집을 거의 다 처리했을 무렵, 누군가가 기쁜 목소리로 외쳤다.

"부, 불가능 업적이다!"

"오, 진짜다! 불가능 업적이다!"

불가능 업적은 현석도 꽤 기뻐하는 등급의 업적이다. 슬레이어들에게 불가능 업적은 슬레이어계의 로또라고 표현되기도 한다.

그나마 예전 현석과 함께 있을 때, 싸이클롭스 슬레잉에 성공했던 79명이 한꺼번에 불가능 등급 업적을 받은 것이 여태껏 알려진 불가능 업적의 전부였다. 당연히 기뻐할 수밖에 없었다.

"나도 드디어 불가능 업적을 얻었다!"

"오! 드디어! 드디어! 나도 불가능이야! 나도 불가능 업적을 이룩한 업적 슬레이어가 됐다고!"

오두방정을 떠는 와중에 현석도 굉장히 기뻤다. 기뻐하다 못해 말이 없어졌다. 두 팔을 축 늘어뜨린 채 멍하니 서 있었다.

다들 플래티넘 슬레이어의 눈치를 살폈다.

'그 대단한 플래티넘 슬레이어라도 불가능 업적이 뜨면 저렇게 되는구나.'

'얼마나 기쁘면 말조차 잊고 저러고 있지……?'

그런데 자세히 보니 썩 기뻐하는 표정이 아니었다. 뭔가 심각해 보였다. 슬레이어들이 쑥덕거렸다.

"이상하네. 기쁜 게 아니고 화가 난 것 같은데……?"

"설마 겨우 불가능 업적이 떴다고 화난 건 아니겠지?"

"에이 설마… 그래도 불가능 업적인데……."

"그래도 플래티넘 슬레이어잖아."

"그, 그것도 그렇긴 하네……."

그러고 보니 그렇게 말이 안 되는 일도 아니었다. 일반 슬레이어들은 불가능 업적을 얻으면 엄청나게 기뻐해야 하는데, 플래티넘 슬레이어니까 기분 나쁠 수도 있겠다는 오해를 했다.

사실 큰 오해다. 현석도 불가능 업적을 받는 게 그렇게 쉽지 않다. 받으면 당연히 기쁘다. 현석이 지금 자못 심각한 태도를 유지하고 있는 건 그의 모드가 변경되었기 때문이다.

[불가능 업적을 10회 달성하였습니다.]

[불가능 업적을 10회 달성하여 불가능 업적으로 인정됩니다.]

[보너스 스탯 +30이 주어집니다.]
[노멀 모드 규격을 초과한 스탯으로 인한 페널티로 50퍼센트 차감되어 지급됩니다.]

불가능 업적을 10회 달성했다. 그리고 그게 또 불가능 업적으로 인정됐다. 불가능 업적 10회 달성이 강제 전향의 조건이 되는지는 모르겠으나, 시스템은 알림음은 계속해서 들려왔다.

[하드 모드로 강제 전향되기 위한 조건 불충족.]
[모드를 하향 조정합니다.]
[PRE—하드 모드에 진입합니다.]

원래 노멀 이후에 하드 모드가 있는 줄 알았다. 그런데 하드 모드가 아니라 PRE—하드 모드에 진입했단다. 이게 일반적인 모드인 건지, 그도 아니면 현석 자신에게만 특별하게 적용된 모드인지는 아직 알 수 없었지만 어쨌든 그랬다.

*　　　*　　　*

PRE—하드 모드.

이는 전인미답의 경지다. 혹시 무협지처럼 무슨 은거 기인이 있는 게 아니라면 PRE—하드 모드는 현석이 처음 밟는 단계였다.

스탯 초과로 인한 단계 변화는 아니었다. 불가능한 업적을 10회 달성했더니 하드 모드로 넘어간다고 했고, 그런데 어떤 조건이 충족되지 않아서 하드가 아닌 PRE—하드 모드로 재조정됐단다. 현석이 생각하기로는 아마 스탯 때문인 것 같았다.

[하드 모드의 시스템이 일부 개방됩니다.]
[회피 및 명중 시스템이 활성화됩니다.]

하드 모드의 시스템 일부가 개방됐고 회피 및 명중 시스템이 활성화됐단다. 사실상 '민첩' 수치에 대하여 여러 말들이 있었다. 민첩을 높이면 확실히 움직임이 빨라진다. 홍세영만 봐도 그렇다. 그런데 인간의 눈으로 보면 홍세영이나 현석이나 그렇게까지 큰 차이는 없다. 물론 둘을 같이 붙여놓고 똑같은 조건에서 똑같은 방법으로 스피드를 측정하면 현석이 훨씬 빠르기야 하겠지만 말이다.

반찬을 집을 때 젓가락은 2개면 충분하다. 젓가락이 3개일 필요도 없고 3개 있다고 해서 좋은 것도 아니다. 적절한 예라고 하기는 힘들어도 어쨌든 현재 슬레잉에 있어서 '민첩'이란 거의 이 정도 수준이었다. 빠르면 좋긴 한데 그렇다고 엄청난 메리트가 있는 건 아니었다.

'확실히… 여태껏 좀 의문스럽기는 했었지.'

그래서 많은 사람이 의문을 제기해 왔다. 민첩이 높으면 회피율이 높아진다고 설명되어 있는데 도대체 이것이 의미하는 바가 무엇이냐라는 것이 화두였다. 사실상 민첩이 높든 높지 않든 일단 직접적인 공격을 피하면 여태까지 회피로 인정되었었다.

'그런데… 이젠 회피율과 명중률이 추가됐어.'

이젠 회피율과 명중률이 공격력과 방어력처럼 구체적인 수치로 나타나게 된 거다.

성형이 물었다.

"그래서 회피율이랑 명중률은? 실험해 봤어?"

"예, 일단 기본적으로 제 회피율은 수치상으로는 100이에요."

"100이라고? 설마 100퍼센트?"

"아뇨. 퍼센트 개념은 아닌 것 같아요. 웨어울프 가지고 실험해 봤는데 100퍼센트 회피는 아니더라고요."

이 '100'이라는 숫자가 퍼센트라면 모든 공격이 현석을 빗겨갔을 거다. 그런데 성형이 약간 다른 의견을 내놨다.

"만약 네 회피율이 100퍼센트인데 몬스터의 명중률이 30 퍼센트라면 그게 플러스마이너스 되어서 70이 되는 거 아닐까?"

"글쎄요… 공격력과 방어력처럼 그렇게 계산이 된다면 그럴 수도 있겠네요."

이게 퍼센트 개념인지 아니면 스탯처럼 포인트 개념인지는 아직 알 수 없었다. 하여튼 중요한건 명중률과 회피율이 구체적인 숫자로 표기됐다는 거다. PRE—하드 모드에 들어서서 생긴 변화였다.

현석은 웨어울프로 실험을 해봤는데 웨어울프의 공격이 100번 들어온다고 가정하면 그중 10번 정도 대미지가 박혔다. 이건 획기적인 변화였다. 민첩 스탯이 빛을 발할 때가 온 거다.

서울 목동, 인하 길드 하우스.

현석이 말했다.

"세영이한테는 진짜 잘된 일이네."

"……."

세영은 현석과 눈을 마주치지 않았다. 사실 마주치지 못했다. 요즘 들어 현석을 똑바로 쳐다볼 수가 없어 좀 민망하다. 괜히 애꿎은 레이피어만 만지작거렸다.

옆에서 종원이 투덜거렸다.

"와… 쟤 나한테 하는 거랑 뭐가 저렇게 다르… 헉! 아, 알았어! 미안! 이 칼은 좀 치워줄래?"

언제 뽑았는지 모르게, 세영의 레이피어가 종원의 목젖에 닿았고 종원은 두 손을 번쩍 들어 올려 항복을 표시했다. 현석이 피식 웃었다.

"전투 필드도 안 펼쳐져 있는데 너무 위험한 행동은 하지 마."

세영은 흥, 하고 고개를 돌렸으나 이내 레이피어를 검집에 꽂아 넣었다. 현석에게 도도한 태도를 보이고는 있었지만 그날 이후 홍세영은 전투 필드가 펼쳐지지 않은 상태에서는 절대로 검을 뽑지 않았다.

어쨌든 홍세영은 남몰래 기뻐했다. 이후 PRE—하드 모드에 접어들게 되면 명중률과 회피율이 활성화된다고 했다. 홍세영은 기본적으로 민첩이 높았다. 그런데 심지어 맞더라도 대미지가 안 박힐 확률이 굉장히 높아진단다. 홍세영에게는 굉장한 희소식이라고 할 수 있었다.

현석은 숨을 골랐다. 이제 PRE—하드 모드에 대해, 적어도 현석에게 있어서 가장 중요한 설명이 남았다.

"제일 중요한 게 남았어."

바로 스킬 상점의 오픈이었다. 물론 스킬을 무한정 구입할 수 있는 건 아니었다. 현석의 경우는 최상위 등급의 스킬 상점이 오픈됐다. 아이템 상점과 마찬가지로 스탯을 소모하여 스킬을 살 수 있는 형식이었다.

"아마도 다른 슬레이어들은 경험치로 구입이 가능하겠지."

아마 다른 슬레이어들은 경험치로 구입이 가능할 것 같다는 게 현석의 생각이었다. 추측일 뿐 아직 확실한 사실은 아니다. PRE―하드 모드에 접어든 다른 슬레이어가 없었으니까 확인은 할 수 없었다.

"그런데 나 같은 경우는 한 번 밖에 사용을 못 해. 일회성 상점이야. 너희가 PRE―하드 모드에 접어든다면 나랑 같은 방식이 적용될 수도 있겠지. 아, 맞다. 게다가 시간제한도 있어. 모드가 변경되면 이벤트성으로 잠깐 등장하는 거 같으니까 평소 어떤 방향의 스킬을 익히고 싶은지는 미리 생각해두는 게 좋을 거야."

민서가 호들갑을 떨었다.

"그래서? 오빠는 스킬 익혔어? 스탯 소비해야 한다며? 에이, 그럼 안 익혔겠다."

여태까지 현석은 스킬에 딱히 의존한 적이 없다. 그나마 실드와 체술 등을 익혔을 뿐이다. 액티브 스킬도 딱히 이렇다 할 스킬을 열심히 익힌 적도 없다. 민서는 스킬 때문에 스탯을 소비하는 건, 현석에겐 너무 불합리한 거라고 생각했다.

현석이 말했다.

"아니. 하나쯤은 꼭 익혀야 할 것 같아서 익혔어."

평화가 눈을 동그랗게 떴다. 침을 꼴깍 삼키는데 그 소리가 굉장히 커서 다들 평화를 쳐다봤다. 평화가 얼굴을 붉게 물들이고 얼른 고개를 숙였다. "제, 제가 낸 소리 아니에요!"라고 변명하는 것도 잊지 않았다. 누가 봐도 평화가 낸 소리가 맞았는데 말이다.

현석이 자신이 익힌 스킬에 대해 설명을 이었다. 민서가 저도 모르게 소리쳤다.

"지, 진짜야 오빠?"

*   *   *

현석의 말에 종원은 의외라는 듯 인상을 찡그렸다.

"겨우 윈드 커터?"

윈드 커터.

사실상 그렇게 높은 등급의 스킬이라고 보기는 힘들었다. 일단 시스템상 뭔가 이름이 있어 보이면 실제로 능력이 뛰어난 경우가 많았다.

그런 의미에서 '윈드 커터'는 종원의 상식상 그렇게 뛰어난 스킬이라고 보기는 힘들었다. 현석의 설명에 따르면 최하급 마법 스킬이란다.

명훈이 종원의 뒤통수를 때렸다.

"조용히 해봐. 설명 좀 듣자. 뭔가 광역 마법 스킬이 나온 건 이번에 처음이잖아. 쟤가 설마 너보다 무식하려고. 아무 생각 없이 윈드 커터를 골랐겠냐?"

광역 스킬의 첫 등장. 이건 이것 나름대로 커다란 의미가 있었다. 여태껏 '메이지' 혹은 '마법사' 계열이 앞으로 등장할 수 있다는 것을 시사하는 것이기도 했다.

현석의 말에 의하면 이러한 광역 스킬에는 속성이 있다고 했다. 앞으로 더 추가될지도 모를 일이지만 일단은 불, 물, 바람, 흙 계열의 네 가지 속성이 있다고 했다. 인하 길드원들 중에서는 앞으로 메이지로 전직하게 될 가능성이 높은 민서가 귀를 쫑긋 세웠다.

"그러니까 오빠 말은… 파괴력은 불 계열, 속도는 바람 계열, 특수 효과는 흙 계열, 전체적인 밸런스는 물 계열 마법이라는 거지?"

"맞아. 사실 정설이라고 보기는 힘들어도 내게 열린 스킬 상점에는 그렇더라고."

대미지만 놓고 보면 불 계열 마법이 가장 강했다. 그리고 바람 계열은 대미지는 약하지만 딜레이가 짧고 연속 공격이 가능했다. 그리고 흙 계열은 스턴이나 밀침 효과―현석도 이

당시에는 이게 무슨 효과인지 잘 몰랐다—등에 두각을 드러내는 스킬이었고 물 계열은 속도, 파괴력 등이 어느 정도 밸런스를 맞춘 스킬이라고 했다.

현석이 설명을 이었다.

"M/P 소모도 계열에 따라 다 다르더라. 물 계열이 M/P 소모가 가장 적고 바람 계열이 M/P 소모가 가장 크더라고."

평화가 고개를 끄덕였다.

"그래서 바람 계열 익힌 거네요? 어차피 오빠 능력이면 대미지야 걱정할 필요 없고… M/P도 워낙 많으니까 난사하실 수 있잖아요. 그러면서 속도는 빠르고."

그러면서 역시 현석이 최고라는 듯 애정이 가득한 눈길로 현석을 쳐다보는데, 그 모습이 아니꼬워진 종원은 "나도 민혜 데리고 오든가 해야지, 서러워서 원" 하고 투덜거렸다. 한편, 그러한 평화의 모습을 본 세영은 고개를 휙 돌리고서 길드 하우스 안으로 들어가 버렸다.

종원이 명훈에게 물었다.

"쟤 왜 화났냐?"

명훈도 고개를 갸웃했다.

"음? 그랬어? 세영이 화났어?"

심지어 명훈은 세영이 화난 것도 몰랐다. 연수도 뒤통수를 긁적거렸다.

"그, 그러게… 화가 났었구나. 근데… 왜 화났지?"

*   *   *

그린스톤을 함유한 살충제는 현재 출몰하고 있는 공포의 대상인 그린 등급의 최하급 몬스터들을 처리할 수 있는 특효약으로 불리고 있다.

성형이 말했다.

"현석아, M—20에서 아무래도 너한테 그린스톤을 내놓으라고 할 것 같다."

물론 대놓고 내놓으라고 하지는 않을 거다. 다만 세계의 위기이니 같이 힘을 합치자고 하면서, 보상을 제시할 테니 그린스톤의 물량을 풀라고 할 거다. 돈은 분명히 준다. 그런데 지금 문제는 그게 아니다. 정말 문제는 그린스톤의 재고가 지금 전 세계적으로, 턱없이 부족하다는 것이다.

지금 수요는 미친 듯이 오르고 있는데 공급이 그걸 따라가지 못한다. 그렇다면 가격이 천정부지로 치솟는다. 지금 미국 유니온에서는 그린스톤을 무려 개당 20억 원이 넘는 금액에 사재기하고 있다는 소문이 돌 정도다. 세간의 이목이 있어 대놓고 사는 건 아니지만 그래도 다들 미국 유니온이 그러고 있다는 걸 대충은 눈치채고 항의를 하고 있는 중이다. 물론 미국 유니온은 모르쇠로 일관하고 있지만 말이다.

M—20이 회의를 마쳤다고 하니 분명 이 얘기가 나올 거라고 성형은 확신했다.

현석이 태평하게 대답했다.

"아, 예상은 했어요."

"사실상 네게 그린스톤이 꼭 필요한 게 아니라면 일정 수준 푸는 것을 추천하고 싶은데… 어떻게 생각해?"

"당연히 풀어야죠. 제가 이거 갖고 있다고 뭐 좋은 것도 아니고. 그리고 너무 가격을 높이지도 않을 거예요. 사람들 살리는 일인데."

현재 전 세계적으로 수많은 사람이 최하급 몬스터들의 공격에 죽어나가고 있다. 그리고 그 공격을 막아낼 수 있는 수단이 바로 '그린스톤'이라면 현석은 얼마든지 물량을 풀 생각이 있다.

현석이 피식 웃었다.

"그리고 슬레이어가 본신의 능력으로 그린 등급의 몬스터를 잡으면 그린스톤 드롭되는 거 알고 계시잖아요?"

참고로 모기 몬스터들은 그린 등급이었다.

*　　　　*　　　　*

㈜소리에서 플래티넘 슬레이어의 그린스톤을 대량으로 모두 구입했다. 그리고 ㈜소리는 국내의 한 유명 회사의 공장을 인수하여 그린스톤을 함유한 살충제와 화염방사기를 대량으로 제조하기 시작했다. 특히 살충제의 경우는 이미 제조 공정은 갖추어져 있어서 대량생산이 쉬웠다.

그리고 ㈜소리는 플래티넘 슬레이어와 독점으로 계약하여 앞으로 드롭되는 모든 그린스톤에 대한 소유권을 얻게 됐다. 이건 엄청난 거다. 그린 등급의 벌레 몬스터들은 그린스톤을 드롭하는 강력한 개체이고, 그런 의미에서 현석은 대량의 그린스톤을 꾸준히 공급할 수 있는 거의 유일한 수단이라고 할 수 있었다. 현석 외의 다른 슬레이어들은 모기 몬스터 떼를 처리할 수 없으니 말이다. 이들을 처리할 수 있는 상위급 슬레이어들은 굳이 모기 떼를 잡으러 들어오지 않는다. 그러지 않아도 그들은 충분히 경제적 여건이 좋은 슬레이어들이고 몬스터 디지즈에 걸릴 가능성을 무시할 수 없었으니까 말이다.

이 소식이 전해지자 중국 대표에게 비난이 쏟아졌다.

"중국에 교섭을 맡기고 있었는데… 이게 어찌 된 일입니까?"

"플래티넘 슬레이어가 이미 모든 그린스톤을 소리에 넘겼다고 합니다. 앞으로 모든 그린스톤이 소리에게 귀속된다고

까지 하네요. 이제 이 사태를 어떻게 책임지실 겁니까?"

"소리는 철저히 사기업입니다. 그들은 분명 비싼 값으로 살충제를 팔 겁니다. 아무리 가격이 비싸도 살 사람들은 사게 되어 있으니까요! 그린스톤을 개당 10억 원에 사들이고 있다고 하지 않습니까!"

아무리 비싸도 목숨이 걸려 있다면 살 사람들이 널리고 널렸다. 확실한 건 공급보다는 수요가 많다는 거다.

중국 대표는 말을 잇지 못했다.

'제… 제기랄……! 소리가 이렇게 뒤통수를 칠 줄이야!'

너무 안일하게 생각했다. 세간에 살신성인의 히어로로 묘사되어 있는 그이기에 중국 대표는 플래티넘 슬레이어를 잘 구슬려서 싼 값으로 그린스톤을 얻어낼 수 있다는 근거 없는 자신감이 있었다.

'영웅이 까짓 거 그 정도도 안 해주겠어?'라는 말 그대로 근거 없는 자신감에 지나지 않았었다. 다른 곳도 아니고 중국 대표니까 그런 생각을 할 수 있었던 거지만.(심지어 중국 유니온의 간부 대부분은 슬레잉의 슬자도 모르는 일반인 간부들이다.)

㈜소리는 그린스톤을 함유한 살충제에 대하여 '노마진 정책'을 발표했다. 현재 그린 등급의 최하급 몬스터들은 전 세계적인 위협인 만큼, 그것을 고려하여 '노마진'으로 살충제를

팔겠다는 것이다. 이 정책은 수많은 사람으로부터 지지를 받았다. 다만 개인에게 판매하는 것은 아니고 국가 단위로만 판매하게 됐다. 노마진으로 판매하는 살충제—가정용 살충제가 아닌, 대량 살포 살충제—다. 화염방사기도 마찬가지였다.

국가들은 그 가격이 어떻든 간에 사야만 했다. ㈜소리에서 상당한 희생(?)을 감수하고서 노마진으로 파는 거니 국가들은 그걸 무조건 살 수 밖에 없는 거다. 최소의 가격으로 국민들의 생명을 구할 수 있는 물건을 판다는데, 안 사면 그 정부는 국민들한테 욕을 먹는다. 그것마저 안 사면 그 국가는 국민의 생명을 똥같이 보는 국가가 되어버린다.

"아무리 이익이 남지 않는다고는 해도, 그래도 역시 가격이 비쌉니다. 소리는 노마진 정책이라고 공표하면서 각 정부에게 상당한 부담을 떠넘기고 있습니다. 우리는 노마진이 필요한 것이 아니라 훨씬 싼 가격이 필요합니다. 세계의 위기이지 않습니까! 필요한 물량이 한두 개도 아니고……."

"맞습니다. 소리는 지금 공짜로, 전 세계에 대한 마케팅을 실시하고 있는 겁니다."

"이건 그냥 마케팅이죠. 그런데 대중들이 거기에 와하고 몰려들어 환호하고 있으니."

이미 몬스터스톤을 활용한 약품들은 성황리에 판매되고

있다. 모든 약품들이 그러했지만 그중에서도 특히 정력제는 굉장한 효과를 발휘하고 있기 때문에 없어서 못 팔 정도다.

그런데 슬레이어들을 대상으로 판매를 해오던 기업이 일반인들의 시장까지 세력을 더 확장한다면? 아마도 이 거대 시장은 ㈜소리를 중심으로 개편될 거다. 게다가 이번 노마진 정책으로 인해 깨끗하고 훌륭한 기업 이미지까지 만들어지고 있는 판국이다. 마케팅 효과로 따지면 가히 '엄청나다'라고 표현할 수 있을 정도였다.

M—20 대표들은 싼 값으로 그린스톤을 수급받을 수 있는 방안을 열심히 생각해 봤다. 그러나 아무리 머리를 맞대고 생각해 봐도 그린스톤을 그렇게 쉽게 얻을 수 있는 방법은 없었다. 그들은 허탈해졌다.

CHAPTER 8

같은 시각. 한국, 경기도.

"모기 떼 출몰이 발견되었습니다."

"현재 서쪽을 향해 대규모 이동 중."

"빨리 경보 때리고 민간인들 바깥출입 자제시키고! 대피도 빠르게 진행시킨다!"

위이이이이이잉—!!!

사이렌이 울리기 시작했다. 예전 같았으면 사이렌이 울리든 말든 신경도 안 썼을 사람들이 서둘러 문과 창문을 걸어 잠그고 재빨리 대피하기 시작했다.

"플래티넘 슬레이어는 언제 도착하나?"

"약 13분 후 모기들과 마주칠 것 같습니다. 살충제 발포합니까?"

한국은 좀 여유롭다. 한국 유니온이 적극적으로 대처하고 있기 때문이다.

㈜소리에서 만들어내는 살충제와 화염방사기에 대한 소유권을 가지고 있는 성형이 유니온장으로 있기 때문에 가능한 일이었다.

한국 유니온의 도움 덕택에 한국은 그린스톤을 함유한 대처 수단을 많이 갖고 있는 편이다.

게다가 몬스터 출몰에 대비한 대피 시설도 이제 어느 정도 갖춰진 상태여서 사람들은 재빨리 대피할 수 있었다.

"모기 떼와 플래티넘 슬레이어 사이에 민간인 밀집 지역이 있나?"

"없습니다."

"대피는?"

"완료된 상태입니다."

"그럼 보류해. 기다린다."

"옛!"

플래티넘 슬레이어가 온단다. 그럼 살충제를 낭비할 필요가 없다.

플래티넘 슬레이어는 괴물이다.

대중들은 아직 모르지만 심지어 그 괴물이 광역기까지 익혔다. 현재 군에는 몬스터 대응 기구가 따로 설립되어 있다. 그리고 이 지역의 방위를 맡은 육군 준장 이천수는 안도의 한숨을 내쉬었다.

'다행이다! 내가 여기 맡고 있는 동안 플래티넘 슬레이어가 온다니!'

*   *   *

플래티넘 슬레이어가 헬기에서 내렸다. 이천수에게 보고가 들어갔다.

"플래티넘 슬레이어, 도착했습니다."

아직 민간인 피해가 단 한명도 발생하지 않았다.

현재 상황은 아주 양호했다.

이 정도 성과면 특별 진급 혹은 그에 준하는 뭔가 보상이 있을 거다. 플래티넘 슬레이어 만세다. 보고가 연달아 올라왔다.

"공격을 시작하겠다고 합니⋯ 준장님?"

이천수가 체통도 잊고 저도 모르게 히죽히죽 웃고 있었다.

한편 현장에 도착한 현석이 전투 필드를 펼쳤다. 같이 온

인하 길드원들은 특별 제작한 특수복을 입고서 뒤에서 대기했다. 무기도 안 꺼냈다. 꺼내기 싫은 게 아니라 꺼내봤자 도움이 안 되니까 안 꺼내는 거다.

다만 민서만 현석에게 열심히 버프를 넣어줬다. 현석이 모기 떼 앞에 섰다. 무려 수십만 마리의 그린 등급의 모기 떼가 현석을 향해 달려들기 시작했다.

현석이 광역 스킬, 윈드 커터를 사용했다.

윈드 커터는 넓은 범위의 광범위 공격이라고 하기에는 힘들었다.

다만 절삭력과 관통력이 강한 편이었다. 그러니까 width(넓이)의 개념이 아니라 line(직선)의 개념이었다.

현재 현석이 가진 윈드 커터는 상급 윈드 커터다.

지성 스탯이 200이 넘는 현석이 사용하고 있음에도 불구하고 대미지는 그렇게 강하지 않았다.

생각보다 굉장히 약했다. 약해서 약 5천 정도.

만약 현석이 아닌 다른 슬레이어들이 사용한다면 그 절반에도 미치지 않는 수치가 나올 거라고 예상하고 있다.

그러나 현석의 입장에서 5천이 약한 거지 일반적으로 5천은 정말 강한 공격이라고 할 수 있다.

적어도 그린 등급의 최하급 몬스터들을 한 방 내지 두 방에 쓸어버리기엔 충분하고도 남는 수치였다.

그린 등급의 최하급 몬스터들은 그 수가 엄청나게 많고, 방어력을 무시하는 독 대미지를 가지고 있으며 몬스터 디지즈를 통해 사람을 죽일 수 있다는 점에서는 굉장히 무서웠지만 방어력 자체가 그렇게 강한 편은 아니었다.

종원이 헛웃음을 지었다.

"저 스킬은… 아무리 봐도 사기 아니냐? 세상은 졸라 불공평한 거 같아."

명훈도 말했다. 종원과 명훈의 의견이 실로 오랜만에 합치됐다.

"그러게, 볼 때마다 사기네. 윈드 커터가 원래 광역기가 맞는 거야? 아니면 저렇게 폭풍 난사를 해서 광역기처럼 보이는 거야?"

"아마 둘 다일걸. 진짜 사기 캐릭이라니까?"

민서가 핀잔을 줬다. 핀잔을 주는 민서의 입가에는 흐뭇한 미소가 걸려 있었다.

"다른 사람들이 보면 종원 오빠도 사기거든?"

"알긴 알지. 아는데도… 저건 급이 다르잖아. 사기에도 엄연히 급이 있는 거라고."

다른 사람들이, 심지어 인하 길드원들이 보기에도 사기라고 생각되는 스킬을 난사하면서 현석은 생각에 빠져들었다.

윈드 커터의 대미지, 성질, 리치, M/P 소모 속도 등. 모든 속성들을 최대한 많이 알아놓을 필요가 있었다.

'대략적으로… 스킬의 진행 범위는… 약 4미터에서 5미터 정도 되네.'

현석은 스킬의 사정거리와 범위 등을 좀 더 구체적으로 관찰했다.

윈드 커터는 길이가 약 3미터 정도 됐고 전방 5미터 정도 쏘아진다. 길이에 비해 두께는 상당히 얇았다. 약 20㎝정도 되는 것 같았다.

약간 푸른빛이 감도는 바람의 칼날이 전방을 쓸고 지나가는데 그때마다 수백 내지 수천 마리의 몬스터가 떨어져 내렸다.

M/P 소모가 심하고 대미지가 약하다는 단점만 빼면 바람 계열 스킬은 현석에게 안성맞춤이었다.

난사 수준으로 윈드 커터를 남발하다 보니 모기 몬스터들은 순식간에 녹아버렸다. 물론 현석의 어마어마한 피통도 바닥이 났고 전투 필드도 꺼졌다.

덕분에 민서가 신이 나서(?) 전투 필드를 대신 펼쳐줬다. 간만에 밥값 했다면서 신나했다.

보조 슬레이어가 전투 필드를 펼쳤다는 사실에 기뻐하는 모습이 좀 아이러니하기는 했지만 어쨌든 민서는 기뻐했다.

그리고 민서는 헤 하고 입을 벌렸다. 명훈이 신기하다는 듯 민서를 쳐다봤다.

"민서야, 너 눈이 반짝반짝 빛나는 거 같다?"

"에, 엥? 그럴 리가요?"

"탐욕에 물든 눈동자야."

"아니에요!"

평화도 침을 꿀꺽 삼켰다.

그린 등급의 최하급 몬스터들은 그린스톤을 드롭한다. 그린 등급은 그린 등급인데, 드롭율이 그렇게 높은 건 아니었다. 아니, 사실상 드롭율은 극악이라고 할 수 있었다. 약 1퍼센트 정도의 몬스터가 몬스터스톤을 드롭하게 된다.

'세, 세상에… 저게 다 몇 개야?'

모르긴 몰라도 수만 마리의 몬스터를 순식간에 쓸어버렸다.

같은 전투 필드 내에 있던 인하 길드원들은 꽁으로 업적까지 얻었다. 여태까지 그래왔듯 불가능 업적이었다.

약간의 거리를 두고 상황을 지켜보는 육군 준장 이천수는 얼이 빠졌다.

"상수야, 내 눈이 어떻게 된 거 아니지?"

원래 같은 동네 출신이어서 사적인 자리에서는 형님, 아우 하는 중령 강상수도 얼이 빠지긴 매한가지였다.

"준장님이 저랑 똑같은 걸 보고 있다면 어떻게 된 건 아닐

겁니다."

"아니… 저런 게 가능한 거야? 무슨 장풍을 저렇게 난사하냐?"

푸른빛 칼날 같은 바람 수십 개가 동시에 마구 쏟아져 나왔다. 마치 무협지의 무공 고수 같았다.

준장과 중령이 그 지경인데 휘하 장병들은 말할 것도 없다.

"와… 저게 뭡니까……?"

"낸들 아냐……?"

그들이 본 거라곤 푸른빛 칼날 수십 개가 주위로 마구 난사됐고 최하급 몬스터 떼가 전멸에 가까운 피해를 입었으며,

"저, 저거 멀리 보이는 거… 전부 그린스톤 맞습니까……?"

"저거 초록색으로 빛나는 저게 그린스톤이 맞다면… 맞겠지."

"저게 그 하나에 1억 5천만 원쯤 한다는 그거 맞습니까? 아니 뭐 요즘은 얼만지도 모른다는 그 보물 맞습니까?"

장병들은 현실을 부정하고 싶었다.

하나에 1억 5천만 원씩 하는 엄청나게 귀중한 물건이 바닥에 그냥 모래알처럼 쏟아져 있지 않은가.

플래티넘 슬레이어 외에 뒤에서 구경만 하던 하찮은(?) 슬레이어들이 그린스톤을 열심히 줍고 있었다.

"쟤네들은… 그냥 그린스톤 수거용 슬레이어들인가 봅니다."

인하 길드원들 입장에서는 엄청나게 억울한 말들이 오갔다.

당장 종원만 하더라도 전 세계 공식적 힘 스탯 1위이며 오크나 트윈헤드 오크도 한 방에 때려잡는 엄청난 무력을 갖고 있다.

홍세영은 그런 하종원을 퍼펙트로 꺾었으며, 이명훈은 전세계 유일의 최상급 탐색 스킬을 갖고 있는 트랩퍼다.

평화와 민서도 아직 지성 스탯을 올리지 않았지만 그럼에도 불구하고 국내 톱급의 실력을 갖고 있는 회복 및 보조 슬레이어다. 원래부터 유명했던 연수는 말할 것도 없다.

어쨌든 현석이 지나치게 대단하다 보니 상대적으로 하찮은 슬레이어가 되어버린 그들은 열심히 그린스톤을 주웠다.

*　　　*　　　*

현석은 표정이 조금 어두웠다.

현석뿐만 아니라 혁혁한 공을 세운(?) 인하 길드원들의 표정도 조금 안 좋았다.

"오빠… 그럼 어떻게 되는 거야?"

현석은 불가능 업적을 최소 10회 달성했다. 그래서 PRE—하드 모드에 진입했다. 그리고 전향된 PRE—하드 모드에서 또다시 불가능 업적을 10회 달성했다.

그런데 노멀 모드와 PRE—하드 모드에서의 업적 횟수는 동일하게 적용되는 것 같았다. 불가능 업적이 20회로 계산됐다. 그렇게 되자 업적 시스템이 인정되질 않았다.

[불가능한 업적을 10회 달성하였습니다.]
[이 또한 불가능한 업적으로 인정됩니다.]

여기까진 좋았다.

불가능한 업적을 20회나 쌓았다는 건 정말 엄청난 거다.

일반적인 슬레이어들은 평생에 걸쳐 딱 한 번만이라도 불가능한 업적을 쌓고 싶어 할 정도니까 말이다.

[업적 달성 횟수의 한계에 도달했습니다.]
[PRE—하드 모드에서의 업적 시스템이 적용되지 않습니다.]
[하드 모드로 진입이 거부됩니다.]
[하드 모드로의 진입 조건이 완료되지 않았습니다.]

문제는 이것들이었다. 업적 달성 횟수에 한계에 도달했다.

아무래도 '업적 시스템'은 '불가능한 업적의 숫자'에 따라 좌우되는 것 같았다.

'결코 불가능한 업적'은 논외인가 싶었는데 그것도 확실한 건 아니었다.

어쨌든 이제 업적 시스템이 적용되지 않는단다.

레벨 및 경험치 시스템도 제한받고 있는 상황이고 심지어 업적까지 이제 끝이다. 거기다가 몬스터스톤을 제외한 아이템도 드롭되지 않는다.

현석은 고민에 빠져들었다. 원래 잔여 스탯을 1,268만큼 갖고 있었다.

거기에 불가능 업적을 10회 더 쌓아서 150스탯이 더 쌓였다. 여기에 칭호 효과가 업그레이드된다면 훨씬 더 큰 잔여 스탯을 갖게 되겠지만 현재 상황에서 그것까지 바랄 수는 없었다.

'현재 내 잔여 스탯이⋯ 1,418.'

그런데 고민은 그렇게 길지 않았다. 어차피 이렇게 된 이상, 남은 길은 하나뿐이다.

'내 남은 잔여 스탯으로⋯ 강제 전향되길 빌어봐야지.'

만약 안 된다면, 그는 영원히 PRE—하드 슬레이어로 남게 될 거다.

잔여 스탯이 충분하다고 생각은 하고 있으나 이건 게임이 아니라 현실이다. 슬레이어로서의 인생이 걸린 일이다. 정확히 얼마가 되어야 '하드 모드'로 진입할 수 있는지 모르고 있는 상황인데 마음이 편할 리는 없다.

'어차피 고민해 봐야 달라지는 것도 없어.'

고민해야 할 것은 만약 하드 모드에 진입하게 된다면 또다시 스탯 분배에 시간제한이 걸릴 텐데 빠르게 분배를 해야 한다는 것 정도. 그런 것들을 충분히 감안하여 머릿속으로 이미지를 그려놓았다. 이제 남은 것은 하드 모드로 진입하기를 바라는 것 뿐.

'진입… 해야 할 텐데.'

종원이 말했다.

"야, 너가 가진 잔여 스탯 정도면 충분하지 않겠냐, 솔직히?"

그래도 역시 확실한 게 아니다 보니 종원도 걱정되긴 매한가지였다. 평화는 두 손을 깍지모아 쥐고서 현석을 쳐다보고 있었다.

그 모습이 마치, 명훈의 말을 빌리자면 '나는 오빠가 하드 모드에 진입하지 못하고 만약 오빠가 거지라고 해도 오빠를 사랑할 자신이 있어요!'라고 말하는 듯한 모양새였다.

연수가 쭈볏거리면서 말했다.

"그럼… 현석이 넌… 힘 스탯부터 올려봐야겠네."

"그렇지."

현석은 현재 다른 스탯들보다 힘 스탯이 가장 높다. 그렇다면 힘 스탯부터 올리는 게 맞다. 언제 하드 모드로 진입할 수 있을 지 모르니까.

현석이 떨리는 마음을 부여잡고 힘 스탯부터 하나하나 올리기 시작했다. 잔여 스탯이 하나씩 줄어가고 힘 스탯이 하나씩 올라갔다. 현석은 물론이고 다들 숨을 죽였다. 플래티넘 슬레이어의 위용이 사라지느냐 마느냐의 기로에 섰다고 할 수 있는 순간이다. 장난을 좋아하는 종원과 명훈도 조용해졌다.

힘 스탯이 412에 도달했을 때, 현석의 몸이 움찔했다. 민서가 참지 못하고 물었다.

"오빠? 왜 그래?"

현석에게 알림음이 들려왔다.

[힘 스탯이 412에 도달했습니다.]
[스탯 쏠림 현상으로 인해 페널티가 적용됩니다.]
[페널티 산정 중.]

혹시나 하드 모드 진입 알림음인가 싶어 몸을 움찔 떨었던 현석은 휴우 하고 한숨을 내쉬었다. 400이 넘었다. 그러나 하드 모드에 진입하지 못했다. 200만 되었어도 노멀 모드에 진입했었는데 400이 넘었는데도 진입하지 못했고 페널티만 잔뜩 얻었다.

[공격력 수치가 50퍼센트 하락합니다.]
[공격 속도가 25퍼센트 하락합니다.]
[방어력 수치가 30퍼센트 하락합니다.]
[명중률이 30포인트 하락합니다.]
[회피율이 30포인트 하락합니다.]

이 정도 페널티는 우스울 정도였다. 이어서 알림이 아닌 경고가 들려왔다.

[전투 능력치 최소 스탯과 최대 스탯 수치. 100퍼센트 초과.]
[120퍼센트 초과 시 올 스탯 슬레이어의 클래스가 취소되고 슬레이어의 등급이 하향 조정됩니다.]

머리가 아파오기 시작했다. 힘 스탯만 올려서 하드 모드에 언제 진입하는지 알아볼 필요가 있다. 최악의 경우 진입을 못할 수도 있는데 이젠 심지어 다른 스탯까지 같이 올리란 다. 정력 스탯과 내성 스탯은 비전투 능력으로 분류되어 있는 상태이니, 현재 전투 능력치들 중 가장 낮은 것은 지성 스탯이다.

'지성을 같이 올려야 하나?'

그렇지 않으면 올 스탯 슬레이어의 클래스가 취소될 수 있다고 했다. 얄궂은 알림음이 계속 들려왔다.

[한 번 취소된 올 스탯 슬레이어 클래스는 재취득할 수 없습니다.]

현재까지 '올 스탯 슬레이어'는 그렇게 큰 메리트가 있는 클래스라고 보기엔 힘들었다. 물론 모든 클래스의 능력을 다 발휘할 수 있다는 것은 인정한다. 그러나 그건 모든 스탯이 다 높기 때문에 나타나는 메리트이지 '올 스탯 슬레이어'라는 클래스가 갖는 장점이라고 보기에는 어려웠다.

세영이나 종원처럼 스페셜 스킬이 있는 것도 아니고 그렇다고 클래스 특유의 뭔가가 있다고 할 수 없었다. 그러나 여기서 끝이 아니라는 확신은 있다. 분명 모드가 높아진다면 언젠가 '올 스탯 슬레이어'만의 메리트가 확실히 있을 거다.

'올 스탯 슬레이어를 포기하면서 그냥 안전하게 힘 스탯부터 올려야 하나?'

과연 언제 하드 모드에 진입할 수 있을 것인가. 이게 가장 큰 문제다.

'아니면 지성 스탯도 조금씩 올리면서 밸런스를 맞춰야 할까?'

지금부터는 순전히 운이자 도박이다. 지성 스탯을 올려서 올 스탯 슬레이어를 유지하면서 힘을 올려 하드 모드에 진입하는 게 최고다. 그러나 힘만 올리는 것과 비교해서 하드 모드에 진입할 가능성이 낮다. 하드 모드에 진입을 못하면 이제 여기서 완전히 정체다. 더 이상 강해질 수 있는 길이 없다.

'결정을 내려야 해.'

현석은 결정을 내렸다.

'지성 스탯부터 투자한다!'

일단 결정을 하면 빠르게 진행시키는 것이 그의 장점이라면 장점이었다. 만약 현석이 그런 성격을 지니지 않았다면 이 문제로 한나절은 고민했을 지도 모를 일이다. 일단 한 번 결정하면 우직하게 밀어붙인다.

지성 스탯이 하나하나 올라가기 시작했다. 그렇다고 무작정 아무렇게나 올릴 수는 없는 노릇이다. 어느 정도 비율을 맞춰가면서 힘 스탯과 병행해서 올렸다.

최대 스탯보다 1/2 이하로 떨어지면 페널티가 생긴다. 지금은 페널티가 사라진 정력 스탯 역시 마찬가지였었다. 아무래도 이건 하나의 법칙인 것 같았다.

'내 힘이 412일 때 최초 알림음이 들려왔어. 내 지성 스탯이 206이었고. 알림음이 말해준 백퍼센트와 정확히 일치해.'

힘과 지성의 비율을 2:1 수준으로 맞춰가면서 진행하자 올 스탯 슬레이어가 취소된다는 경고음 대신 반가운 알림음이 들려왔다.

[스탯 쏠림 현상으로 인한 페널티 적용이 취소됩니다.]
[모든 상태가 정상으로 회복됩니다.]

문제는 지성 스탯이 247에 이르렀을 때, 그러니까 체력 포인트와 맞물리게 되었을 때부터 지성과 체력을 같이 올려야만 하게 되었다는 거다. 이제 비율을 맞추려면 힘은 물론이고 지성과 체력까지 같이 올려야 하는 상황이 됐다. 그래도 현석은 계속 진행시켰다.

이 상황은 반복됐다. 지성 다음으로 낮은 수치인 민첩이 원래 277이었다. 힘 스탯은 554가 됐고 나머지 3개의 스탯은 277이 됐다. 여기서 현석은 다시 한 번 고민했다. 현재 남은 잔여 스탯은 이제 1,130개. 처음에 1,418개였으니 약 300개 정도의 스탯을 사용했다. 현석이 체감하기로는 300이 아니고 3천개쯤은 사용한 것 같은 기분이었지만.

현재 상태는 다음과 같았다.

―힘 554.

—지성 277.

　—체력 277.

　—민첩 277.

　'올 스탯 슬레이어를 포기하지 않기 위해선 이제 모든 능력치를 전부 올려야 해.'

　현석이 계산을 해봤다.

　'이 추세로 간다면 힘 600일 때 나머지 스탯은 300이 되고, 잔여 스탯은 915개가 된다. 힘이 700이면 잔여 스탯은 665개가 되고.'

　대략적인 법칙은 계산이 됐다. 어차피 올 스탯 슬레이어라는 클래스를 포기하지 않기로 한 이상, 계산 과정은 길지언정 결정은 오래 걸리지 않았다.

　그리고 힘 스탯이 600을 돌파했을 때 기다리고 기다리던 알림음을 들을 수 있었다. 그렇게 우려했던 것을 비웃기라도 하듯 하드 모드로 강제 전향되는 포인트는 바로 600이었다. 약간 허탈하기까지 할 정도였다. 이 포인트를 알기 위해 얼마나 노심초사했던가.

　[노멀 모드 및 PRE—하드 모드 내, 한계 포인트에 도달했습니다.]

[업적 포인트와 한계 포인트를 산정합니다.]

[노멀 모드 및 PRE—하드 모드 클리어의 조건을 충족했습니다. 하드 모드로 강제 전향됩니다.]

힘 스탯 600이 되었을 때에 노멀 모드와 마찬가지로 또다시 페널티가 적용됐다.

[레벨 시스템이 제한됩니다.]

[경험치 시스템이 제한됩니다.]

뿐만 아니라 또다시 잔여 스탯이 사라질 위기(?)에 처했다. 저번의 경험이 있어 미리부터 준비하고 있었던 현석은 애초에 미리 혼자서 연습했던 대로 빠르게, 밸런스를 맞춰서 균등 분배했다. 머릿속으로 미리 연습했던 것이 확실히 도움이 됐다.

전투 스탯에 전부 228포인트가 투자됐고 나머지 포인트는 내성 스탯에 분배됐다.

'드디어… 하드 모드다……!'

아무래도 PRE—하드 모드는 노멀 모드와 거의 동급의 모드인 것 같았다. 시스템 상으로도 '노멀 모드 및 PRE—하드 모드'라고 묶어서 표현됐다. 그러나 이젠 확실히 하드 모드에 들어섰다. 예전과 마찬가지로 업적 시스템이 다시 풀렸다.

'힘이 828에 나머지는 558 포인트라… 거기에 칭호 효과까지 계산하면 힘이 861, 민첩은 599야.'

현석이 저도 모르게 주먹을 불끈 쥐었다. 힘은 이제 800이 넘고 나머지 스탯도 500이 넘는다. 그에 따라 무수히 많은 알림음이 들려왔다. 갑작스레 높아진 스탯에 따라, 스탯의 영향을 받는 스킬들이 업그레이드되고 있는 모양이었다. 기쁘기도 기쁘고 정신도 없는 데다가 알림음이 하도 한꺼번에 많이 떠서 제대로 기억하지 못했다. 시간이 날 때, 천천히 살펴보기로 했다.

민서가 현석의 팔을 붙잡고 호들갑을 떨었다.

"뭐야, 뭐야, 뭐야? 오빠? 됐어? 된 거야?"

현석이 비로소 밝게 웃었다.

"그래… 됐다. 하드 모드에 진입했어."

민서는 자기가 하드 모드에 진입하기라도 한 것처럼 현석의 팔을 붙잡고 깡총거리며 활짝 웃었다. 평화는 그 모습을 보면서 속으로 생각했다.

'부럽다.'

현석이 하드 모드 슬레이어가 된 것이 부러운 게 아니라 지금 현석의 팔을 붙잡고 있는 민서가 부러웠다. 명훈이 옆에서 평화를 꼭 찔렀다.

"너 지금 되게 부럽다는 표정이다? 민서가 현석이 팔을 저렇게 붙잡고 있는 게 부러운 거야, 아니면 하드 모드에 진입한 게 부러운 거야?"

"다, 당연히 하드 모드에……."

평화가 고개를 숙였다. 한편, 세영은 "그까짓 하드 모드가 뭐가 그렇게 대수라고"라며 퉁명스레 말하고 몸을 돌렸다. 어찌보면 기분 나빠 보이는 표정이기도 했다. 그러나 등을 돌린 그녀의 입가에는 환한 미소가 걸려 있었다. 인하 길드원 그 누구도 보지 못했던 세영의 환한 미소가 말이다.

CHAPTER 9

하드 모드에 진입한 대략적인 얘기를 성형에게 전했다. 그 말을 들은 성형이 허 하고 놀라움을 표시했다.

"그러니까… 회피율 시스템 때문에 너한테는 이제 어지간해선 대미지가 안 박히는데, 심지어 박혀봤자 임팩트 리플렉팅으로 반사시킨다고? 게다가 옐로우 등급의 스킬들?"

"대미지를 반사시키지는 못해요. 반탄력을 되돌리는 건데… 스킬 레벨이 더 높아지면 대미지도 반사되지 않을까 추측하고 있어요."

"역시 현석이 너다. 장하다!"

성형 역시 굉장히 기뻐했다.

유니온장의 위치에서 플래티넘 슬레이어가 강해지면 굉장히 좋은 거다.

그러나 그건 둘째 치고서 성형은 순수하게 기뻐했다. 현석에게도 그게 느껴질 정도였다.

자신의 일에 뛸 듯이 기뻐해 주는 성형을 보며 현석은 괜스레 찡한 마음이 들었다가 피식 웃고서 말했다.

"그런데 문제가 좀 있어요."

"문제?"

"웨어울프로 시험해 봤는데 대미지가 아예 안 박혀요. 그니까 방어력이 높아서 그런게 아니고 그냥 아무리 맞아도 공격 자체가 성립이 안 돼요. 그래서 임팩트 리플렉팅 레벨을 올리기가 힘들어요."

"뭐라고?"

성형은 크하하, 하고 기분 좋게 크게 웃었다. 저 정도는 문제라고 할 수도 없다.

현석도 진담은 아니었던지라 간만에 활짝 웃었다.

성형이 말했다.

"그런데 불가능 업적이 업적 시스템에 제한을 건다고?"

"네, 하드 모드에서도 동일하게 적용되는지는 확실하지 않지만요. '결코 불가능한 업적'은 카운팅이 되지 않는 건지도 확실하지 않고요. 어쨌든 알림상으로는 불가능 업적을 일정 횟수 채우게 되면 업적 시스템마저 제한당해요. 레벨 시스템 이랑 경험치 시스템이 제한되고 있는 저한테는 엄청나게 큰 페널티죠."

"그럼 불가능 업적이라고 해서 무턱대고 좋아할 수도 없는 상황인거네?"

이게 진짜 문제다. 현석은 업적 말고는 강해질 수 있는 길이 없다. 지금은 하드 모드에 들어섰지만 그 이후 또 다른 모드가 있을 거다. 감이 아니라 확신이었다.

그런데 문제는 불가능 업적을 일정 숫자 이상 달성하게 되면 업적 시스템에도 제한이 걸린다는 거다.

PRE—하드 모드에서는 노멀 모드 때와 합산해서 20회였지만, 하드 모드에서는 그게 아닌 20회 혹은 30회가 될 수도 있는 일이지만 현석은 그걸 실험해 볼 마음은 추호도 없었다.

"그렇다면… 인하 길드원들을 그 정도로 키운 건 정말 다행한 일이네."

인하 길드원들은 이제 굉장히 강해졌다.

현석을 따라다니면서 업적 포인트를 쌓을 수 있었다. 아직 잔여 스탯을 다 올리지 않았지만 저마다 잔여 스탯이 수백을 헤아린다.

'포인트 밸런스'에 관한 페널티의 산정 방법도 어느 정도 깨달았으니 약간씩 밸런스를 맞추면서 스탯을 올리면 현재 노멀 모드에서는 엄청난 강력함을 자랑할 수 있을 거다.

다들 200이상의 잔여 스탯을 보유하고 있으니 노멀 모드 내에서는 '불가능한 업적' 이상의 업적을 깰 수 있는 슬레이어들이 된 거다.

현석은 고개를 절레절레 저었다.

"민서가 자기가 먼저 나서서 이게 불가능 업적인지 아닌지 판단해 본 다음에 제가 나서면 되지 않겠느냐고 땡깡을 부리고 있어요."

"땡깡이 아니라 그게 가장 현명한 선택이지. 인하 길드원들도 이제 엄청나게 강해졌잖아. 싸이클롭스를 처음 상대할 때의 너 정도… 까진 아니어도 각자의 역할에 있어서 그 정도 역할은 할 수 있을 거라고 본다. 힘을 합치면 불가능 업적을 해낼 수도 있겠지. 무슨 일이 생기든 불가능 업적인지 아닌지 먼저 판가름해 본 다음에 네가 움직이는 게 지금으로선 최선 아니냐?"

맞긴 맞다. 그런데 불가능 업적인지 아닌지 판단한다 함은, 분명 커다란 리스크를 짊어지는 행위다.

괜히 불가능 업적이 아니다. 현석이야 자기가 위험하면 힐을 쓰면 되고 때릴 땐 때리고 피하면 되지만 다른 인원들은 그게 아니다.

누구 하나가 실수라도 하면 팀워크가 깨지고 사망자가 나올 확률이 굉장히 높다.

'불가능 업적'이란 그런 거다. 특히나 민서와 평화가 위험하다.

"머리로는 그걸 아는데, 애들을 위험한 일에 내모는 것 같아서 좀 그래요."

동생을 이용해먹는 것 같은 찜찜함도 같이 느껴졌다. 이게 최선이라는 걸 아는 것과는 별개의 문제였다.

"그러니까 네가 뒤에서 버티고 있어줘야지. 혹시라도 무슨 일이 생기면 네가 도와야 할 테니까. 업적도 물론 중요하지만 애들 목숨보다 중요하진 않을 거 아냐?"

"그렇죠."

이미 길은 정해져 있다. 길드원들을 먼저 투입해서 어떠한 사건이 어떠한 등급의 업적을 주는지 미리 확인하되, 뒤에 버티면서 불의의 사고에 대비해야만 한다.

그러나 거기엔 친한 친구도 포함되어 있고 호감을 느끼고 있는 여자도 포함되어 있으며 심지어 하나뿐인 여동생까지 포함되어 있다. 마냥 마음이 편하지는 않았다.

그나마 이런 결정을 하게 된 것도 현석의 성격이 많이 변해서 그런 거지 원래대로라면 이런 결정도 못 내렸다.

현석의 표정이 조금 어두워지자 성형이 화제를 살짝 돌렸다.

"이번에 미국 유니온에서 자이언트 터틀 한 마리를 처치한 얘기는 들었지?"

"아… 네, 들었어요. 몬스터스톤을 포함한 무기가 큰 힘을 발휘했다면서요?"

"그래. 우린 그 무기들을 M—arm이라고 이름 붙이기로 했다."

㈜소리는 점점 더 덩치를 불려 미국의 무기 제조 회사인 글록과 제휴를 맺었다.

㈜소리는 물론 몬스터 슬레잉에 관한 한 뛰어난 기술력과 유통망을 가지고 있지만 무기 제조와는 아무래도 거리가 먼 회사였었으니까. 그래서 글록과 제휴를 맺어 그린스톤을 공급하고 무기를 제조하게 됐다.

새로운 형태의 이 무기들의 이름은 M—arm이라고 정해졌다.

"싸이클롭스보다도 더 단단한 실드를 가진 자이언트 터틀에게도 타격을 입혔다고 하네. 운 좋게 이번에 또 평원 쪽에서 나타난 모양이야. 미국에선 바로 손을 썼고. 영상은 공개되지 않았지만 곧 자료를 입수할 수 있을 거야. 참고하라고 글록사에서 보내주기로 했거든."

몬스터가 무서운 이유는 바로 현대 무기가 통하지 않는 '실드'를 갖고 있기 때문이다.

몬스터의 본신 능력 자체는 현대 무기에 비할 바가 못 된다.

그런데 그 문제를 어느 정도 해결할 수 있는 해결책이 대두되었으니 바로 '몬스터스톤'을 함유한 무기가 바로 그것이었다.

이른 바 M—arm. 그린 등급의 최하급 몬스터를 처리하던 살충제가 진화하여 이제 본격적인 무기로 생산되게 된 거다. ㈜소리와 글록이 선두 주자가 되어서 말이다.

"다만… 자이언트 터틀 같은 경우는 그린스톤으로는 소용이 없고 최소 옐로스톤이 있어야만 조금 효과가 있더라고. 그것도 아주 조금 더. 평원이 아니라 시가지였으면 슬레잉이 불가능했을 거야. 결국 네게 또 도움을 요청했겠지."

그러나 실드에도 역시 등급이 있는 듯했다. 소리와 글록이 실험을 해본 결과, 화이트스톤을 포함한 무기로는 노멀 모드 규격의 몬스터에게 큰 피해를 주지 못했다.

그린 등급의 몬스터를 처리하려면 그린 등급의 M—arm이 효과적이라고 했다.

"자이언트 터틀에게 쏟아부은 무기값만 한화로 한 9천 억원은 되는 거 같더라. 싸이클롭스 때보다 더 쏟아부은 거지.

아무래도 진짜로 효과를 발휘하려면 그보다 상위 등급의 몬스터스톤이 있어야 할 것 같아."

"자이언트 터틀을 잡았을 때 블루스톤이 나왔었죠."

"그래. 제대로 공격하려면 최소 블루 등급은 있어야 할 것 같다."

몬스터에 대한 대응책이라 할 수 있는 M—arm. 각 국가들은 싫어도 구비해 놔야 할 거다.

그리고 M—arm을 만들려면 당연히 그린스톤 혹은 옐로스톤이 필요하다. 그리고 그린스톤이나 옐로스톤을 안정적으로 공급할 수 있는 유니온은 현재로서는 한국 유니온밖에 없다.

그린스톤을 함유한 무기로 트윈헤드 트롤까지는 상당히 효과적으로 제압이 가능하고 강화되지 않은 웨어울프에게도 큰 효과를 발휘한다고 했다.

몬스터스톤을 함유한 무기들은 슬레이어들에게도 불티나게 팔렸다.

실드를 효과적으로 없앨 수 있다. 슬레잉에 있어서 훨씬 안전한 방법이니까 다들 하나씩은 갖고 싶어 했다. 하다못해 권총이라도 말이다.

현석이 말했다.

"총기 소유가… 금방 합법화가 될지 모르겠네요."

여기서 문제가 발생했다.

한국은 총기 소유가 불법이다. 몬스터스톤을 함유한 총알이 출시된 건 좋은데 그걸 사용할 총을 한국의 슬레이어들은 사용하지 못한다.

법이 변화하는 사회를 따라오질 못했다. 그렇다고 또 슬레이어들에게 갑자기 총기 소유를 합법화하기도 어려운 문제였다. 슬레이어의 총기 소유에 대하여 찬반 논쟁이 일었다.

그래서 일단 차선책으로, '공권력을 행사하는 슬레이어들'. 그러니까 슬레이어가 일으킨 범죄에 관한 한 협력을 하기로 제휴를 맺었던 용병 형식의 슬레이어들에게는 일정 내용의 검사 과정을 거쳐 총기 소유가 인정됐다.

그러던 와중, 사건이 발생했다.

트윈헤드 오크 웨이브에서 끝이 난 줄 알았던 몬스터 웨이브가 또다시 시작됐다. 더욱더 강력해진 몬스터 웨이브였다.

〈속보! 트롤 몬스터 웨이브!〉
〈강력해진 몬스터 웨이브. 숫자도 2배 이상 많아.〉

트롤로 이루어진 몬스터 웨이브가 한국에 불어닥쳤다. 그런데 한국 유니온과 한국 정부는 예전처럼 크게 당황하지 않았다.

성형이 말했다.

"현석이 어디 있냐?"

"길드 하우스에 있는 거 확인했습니다."

"오케이."

한국 유니온은 안심했다.

한편, 한국 몬스터 대응 기구, 몬스터 대응 관리 본부장 강찬석도 황급히 한 가지를 확인했다.

"플래티넘 슬레이어 어디 해외여행 안 갔지?"

"예, 목동에 체류 중입니다."

강찬석이 안도의 한숨을 내쉬었다.

"그래. 어디 가는지 안 가는지 확실히 체크해. 딴 거 없어. 우리의 제1의 임무는 그거야."

"예, 알겠습니다!"

＊　　　＊　　　＊

운전을 처음 배울 때에, 옆에 베테랑이 버티고 있는 것과 혼자 연습하는 것은 천지차이다.

일단 믿을 구석이 있기 때문에 훨씬 편안하게 연습하는 게 가능해진다. 물론 동승자가 화를 내거나 욕을 하지 않는다는 가정 하에 말이다.

'불가능에 도전하는 자'의 칭호 효과 때문에 일부러 잔여 스탯을 남겨놓았었는데, 모두들 100스탯 이상으로 맞췄다.

현석이 100스탯이 넘었을 때 트윈헤드 오크까지는 한 방에 처리할 수 있었다.

그렇다면 모두들 100스탯 이상의 능력치를 맞춘다면 트롤 웨이브 정도는 막아낼 수 있을 거라고 생각했다. 100스탯이 넘어가는 순간 능력치가 100퍼센트만큼 되니까 말이다.

물론 그걸 믿는 건 아니다.

전적으로 믿는 구석은 따로 있다. 민서가 뒤를 힐끗 쳐다봤다.

'바로 뒤에 우리 오빠가 있으니까!'

평화도 뒤를 힐끗 쳐다봤다. 그러고선 배시시 웃었다.

'현석 오빠가 있으니까!'

종원도 뒤를 힐끗 쳐다봤다.

'저 슈퍼 사기 캐가 뒤에 버티고 있으니까!'

세영도 아무도 모르게 눈동자만 돌려 뒤를 힐끗 쳐다봤다. 그리고 뒤는 쳐다보지 않았다는 듯 다시 정면을 쳐다봤다. 아무도 눈치 못 챘지만 그녀의 입가엔 미세한 미소가 걸려 있었다. 연수는 대놓고 현석을 쳐다봤다.

'현석이가 뒤에 있으니까!'

그리고 명훈은 현석 뒤에 숨어 고개를 빼꼼 내밀었다. 이번에 인하 길드와 동행하게 된 강남 스타일 길드원들도 뒤를 힐끗 쳐다봤다.

'모든 게 완벽해. 플래티넘 슬레이어가 뒤에 있다!'

세상에서 가장 안전한 안전장치가 뒤에 있다 생각하니 자신감이 무럭무럭 피어올랐다.

서울 지역을 담당하고 있는 육군 중장 문창석도 현석을 힐끗 쳐다봤다.

'플래티넘 슬레이어가 뒤에 버티고 있다. 아주 순조로워.'

더없이 든든해졌다.

물론 저번에 싸우던 모습은 다소 우스꽝스럽긴 했다. 두 팔 벌려 펄쩍펄쩍 뛰는 것과 비슷한 모양새였다.

그러나 그 위력까지 우스웠던 건 절대 아니었다.

오죽하면 숨만 쉬면 죽는다는 소문이 진짜처럼 느껴졌을 정도였으니까.

그 무시무시하다는 트윈헤드 오크 웨이브를 겨우 30초 만에 종료시킨 진짜 괴물 아닌가. 그 괴물이 뒤에 버티고 있으니 두려울 게 없었다.

민서가 말했다.

"하나도 안 무서운 건 맞는데, 무슨 업적을 줄까 이거? 불가능 업적이면 안 되는데."

다행히 강남 스타일 길드원들은 아무도 못 들었다. 들었으면 까무러쳤을 지도 모른다.

남들은 평생에 한 번 겨우 얻을까 말까한 그런 엄청난 업적을 받기 싫어하는 모양새가 아닌가.

평화도 고개를 끄덕였다. 평화는 현석의 일이 곧 자신의 일처럼 느껴졌다.

"맞아. 불가능 업적이 아니길 바라야지."

'꼭 그래야만 해. 왜냐하면 현석이 오빠가 실망할 테니까!'

평화는 그렇게 생각하고서 괜히 혼자 고개를 끄덕거렸다.

*   *   *

문창석이 작전을 다시 간단하게 설명했다.

"트롤을 전부 사살하는 건 안 됩니다."

사실 전부 사살하지 말라고 하는 건 진짜 여유 부리는 거다. 서울 외에 다른 지방은 이런 작전은 꿈에도 못 꾼다. 화력과 슬레이어의 역량을 총동원해서 열심히 막아야 한다.

하지만 서울은 아니다. 여긴 플래티넘 슬레이어와 그가 이끄는 인하 길드가 있다. 그니까 다 죽이면 안 된다는 작전 내용이 오가는 거다.

강남 스타일의 길드장 김상호가 재차 확인했다.

"약 2~3개체를 남기되 1개체는 재래식 무기로, 2개체 정도는 M—arm으로 사살하는 거 아닙니까?"

"맞습니다. 2~3개체를 남깁니다. 1개체는 재래식 무기로 사살하고 나머지 2개체 정도는 몬스터스톤을 함유한 무기로 사살할 겁니다. 리젠 현상을 확인하기 위해서요."

인하 길드원들도 고개를 끄덕였다. 작전을 다 이해했다.

아침 6시.

몬스터 웨이브, 그것도 트롤 웨이브가 시작됐다.

*　　　*　　　*

현석은 아예 전투에 참여하지 않는다고 알려졌다. 그러나 그건 잘못된 사실이다.

현석은 아예 참여하지 않는 게 아니라 초반에만 살짝 도움을 준다. 애초에 그렇게 작전을 짰다.

'불가능 업적을 받기 싫어 발버둥 쳐야 하는 상황이라니.'

불가능 업적이 아니라 '결코 불가능한 업적'을 받아야 한다.

싸이클롭스 슬레잉도 '불가능한 업적' 등급 판정을 받았다.

트롤 웨이브 역시 '결코 불가능한' 등급 판정을 받을 확률이 높기는 히지만 어쨌든 확인은 해야 할 터.

"몬스터 웨이브가 시작됩니다! 플래티넘 슬레이어가 먼저 투입됩니다."

현석이 앞으로 나섰다.

'파워 컨트롤.'

파워 컨트롤을 활성화시켰다. 수련 던전을 거치고 자이언 트 터틀─(강)을 잡으면서 스킬 레벨 업을 많이 했다.

이제 대미지 하향 조정은 굉장히 자유롭다.─100퍼센트까 지 가능하다─그리고 현석은 트롤과 많이 싸워봤다. 어느 정 도의 대미지를 주면 실드가 벗겨지고 H/P가 많이 떨어지는 지 안다.

강남 스타일의 길드장 김상호는 눈을 부릅떴다.

'일부러 힘을 약하게 해서 트롤들을 때린다는 게 말이 되 나?'

일반적으로는 말이 안 된다. 다만 플래티넘 슬레이어니까 가능한 거다.

'저렇게 강한 능력을 갖고 있다면 진짜 정확하게 계산을 해서 때려야 할 텐데……'

게다가 트롤은 재생력이 무척이나 뛰어난 개체다. 현석이 때려놓고서 전투 필드를 빠르게 벗어난다.

그 시간 동안 M─arm으로 공격해야 한다.

그리고 나서 다른 슬레이어들이 잽싸게 투입되어 마무리

짓는다는 것이 작전의 개요였다.

김상호는 눈만 부릅뜬 게 아니라 입도 크게 벌렸다.

'어, 엄청나게 빠른 속도다!'

현석이 몬스터 웨이브가 시작되는 지점, 일렁거림 사이에서 몸을 빠르게 움직였다.

역시 주먹질은 아니었다. 두 팔을 벌리고 눈 밭 위의 강아지마냥 이리저리 뛰어다녔다. 그런데 그 속도가 가히 상상을 초월했다.

'과연. 주먹질을 하는 것보다 그냥 달리는 것이 더 빠르고 간결하다 이건가……'

이걸 진귀한 광경이라 해야 할지 어이없는 광경이라고 해야 할지 모르겠다. 주먹을 뻗는 시간조차도 아까워 보였다. 뭐 저런 인간이 다 있나 싶다.

'게다가 저렇게 달리면서 대미지까지 정확하게 컨트롤을 할 수 있다는 뜻인가?'

육군 중장 문창석도 놀라기는 매한가지였다. 저번과 같긴 같은데 스피드 자체가 달라졌다. 그때도 빨랐지만 지금은 더 빠르다.

'무슨… 사람이 저렇게 빨라?'

확실했다. 저 인간은 더 강해졌다.

안 그래도 유일무이한 싸이클롭스 솔로잉이 가능한 슬레

이어였는데 더 사기가 됐다.

게다가 전력으로 때리는 것도 아니고 힘 조절을 하면서 때리는 건 더 힘든 일이다. 그것도 엄청 약하게 쳐야 하지 않는가.

물론 현석이야 파워 컨트롤을 통해 대미지 출력을 조정할 수 있지만 문창석이 그것까지 알 수는 없는 노릇이었다.

현석이 한바탕 휩쓸고 지나간 후에 트롤들이 모습을 드러냈다. 그런데 트롤들이 조금 이상했다.

현석이 실드와 H/P를 적당히 떨궈내고 난 이후, 인하 길드원들은 긴장했다.

현석 없이 하는 첫 슬레잉이라고 해도 과언이 아니었다.

물론 혹시라도 위험한 상황이 온다면 현석이 알아서 처리해 주겠지만 그래도 긴장되는 건 어쩔수 없었다.

홍세영이 가장 빠르게 움직였다.

'샤이닝 샤워!'

샤이닝 샤워. 그녀의 특수 스킬이다.

예전에는 7개의 점을 찔렀는데 이젠 14개의 점을 찌른다. 그녀의 레이피어가 14개로 늘어나 현란한 움직임을 보였다.

이제 2마리 이상의 트롤에게 공격을 한꺼번에 가할 수 있다. 게다가 그녀의 속도는 현석과 비교해서는 느렸지만 그래도 역시 발군이라 할 수 있었다.

늘어난 검의 잔상과 함께 그녀의 신형이 빛 무리를 흩뿌리며 직선으로 쏘아져 나갔다.

그리고 종원이 외쳤다.

"라이트닝 스파크!"

그 뒤를 이어 몸동작이 느린 종원이 또 스킬명을 육성으로 외치면서 높이 뛰어올랐다.

쿠과광!

땅을 내려쳤다.

그의 주무기인 거대 해머 끝에 노란색 전류가 콰직— 콰지직—! 소리를 내며 방전됐다.

스탯이 높아지고 수련 던전을 통해 스킬이 강화되면서, 그의 라이트닝 해머의 상위 버전 스킬인 라이트닝 스파크가 생겼다. 광역기였다.

속도가 느려서 그렇지 파워 하나는 일품이었다.

그가 내려친 땅 주변으로 반지름 약 1미터 쯤 되는 거대한 구덩이가 생겨났고 그 구덩이엔 아크 방전이 계속 이어졌다.

콰지직—콰지직—!

고압선에서 절연파괴가 일어난 것처럼, 일종의 작은 번개가 스파크를 일으키고 있는 것처럼 구덩이에서 전격이 피어올랐다.

노란빛이 아닌, 푸른빛의 코로나 방전이 파지직—! 튀어 올랐고 덕분에 군에서 소지한 무전기가 전파 방해를 받아 치직─치직─ 잡음을 냈다.

그리고 그 공격 한 방에 서너 마리의 트롤이 한 번에 죽어 나갔다. 현석이 H/P와 실드를 깎아놓았다고는 하지만 그래도 그 위용이 대단했다.

육군 중장 문창석은 헛웃음을 쳤다.

'저, 저것들이 인간이야……?'

이건 멋있다기보다는 허탈했다. 같은 인간이란 종에 속해 있는 게 맞는가 싶다.

빛살처럼 빠른 속도로, 검을 수십 개로 늘려서 화살처럼 쏘아내는 홍세영이나 망치를 휘두르니 번개 같은 것이 용솟음치는 하종원이나 도무지 인간처럼 안 보였다.

놀란 것은 군인들만이 아니었다.

슬레이어들. 즉, 강남 스타일의 길드원들도 놀랐다.

그들 역시 골드 등급의 슬레이어고 한국 내 톱의 자리를 지키는 슬레이어들이다.

그러나 홍세영과 하종원처럼은 못한다. 그들은 물론 강한 슬레이어지만 현석에게 쩔을 받지 못했다. 그 차이가 아주 컸다.

김상호는 전투 슬레이어의 무력에 한 번 놀랐고, 보조 슬레이어의 보조에 또 놀라야만 했다.

'인하 길드의 보조 슬레이어는… 분명 Ratio 계열의 스킬만 익혔다고 들었는데……?'

그런데 이 가벼움은 도대체 뭐란 말인가.

이 정도 버프라니. 이런 버프는 여태껏 받아본 적도 없다. 몸이 새털처럼 가볍게 느껴지는데 공격력도 더 강해진 것 같다.

'이건 분명 최상급 이상의 버프다!'

그의 예상이 맞았다.

본신 능력으로 안 되면 돈으로 해결하면 된다.

현석은 돈도 많고 심지어 한국 유니온의 장이자 글로벌 대기업 ㈜소리의 대주주인 성형과 친하다.

성형은 보조 슬레이어의 스킬북이 나오면 나오는 대로 현석에게 알려줬고 현석은 그걸 망설임 없이 구매했다.

그는 돈도 있고 인맥도 있다. 덕분에 민서는 일반 보조 슬레이어의 스킬도 섭렵할 수 있었다.

그리고 그녀의 지성 스탯은 지금 100이 넘는다.

당연히 일반 스킬이라 해도 효과가 좋을 수밖에 없다. 물론 주력은 Ratio 계열이지만 말이다.

김상호는 주력도 아닌 서브로 익힌 최상급 버프에 놀란 셈이다.

'소문이 잘못 난 거였어. 이건 Ratio 따위가 아냐! 우리 전

부가 속고 있다!'

민서의 지성 스탯이 100을 넘었으니까 이런 오해를 할 법도 했다. 다시 한 번 강조하지만 민서는 스탯을 Ratio 계열의 스킬에만 투자하고 있다. 또 한 번 강조하지만 일반 버프는 그냥 보조용이다.

'그래. Ratio를 익힐 리가 없지. 그런 비효율적인 스킬 따위.'

김상호는 단단히 오해를 하고 있었다.

그때, 퍽! 소리가 들려왔다.

한 슬레이어가 한 번에 2대를 얻어맞았다. 그중 한 대는 머리에 얻어맞았는데 대번에 크리티컬 샷이 떴다.

순식간에 H/P가 30퍼센트 이하로 떨어져 내렸다. 김상호가 황급히 몸을 빼 그 슬레이어를 뒤로 물리려고 했는데, 목소리가 들려왔다.

"힐!"

긴장의 끈을 놓지 않고 있던 평화가 대번에 힐을 외쳤다. 힐러와 보조 슬레이어는 스킬을 발현할 때 꼭 무언가를 한다고 말해준다. 전투 슬레이어에게 정보를 주기 위함이다.

김상호도 그걸 듣긴 했지만 겨우 힐 정도로는 이렇게 많이 떨어진 H/P를 다시 채울 수는 없는 노릇이다.

'이 녀석 H/P가 4천가량이었던가… 힐로는 어림도 없어!'

힐로는 어림도 없는 게 맞다.

그런데 그녀의 힐은 힐이 아니다. 그렇다고 상급힐도 아니다. 그녀가 가진 건 최상급힐이다. 최상급힐은 최상급힐인데 지성 스탯이 100을 넘었다.

'헉! 거의 풀피가 됐다고?'

그러니까 단 한 번의 힐로 최소 2천 이상의 H/P를 채웠다는 소리가 된다.

'이… 이 길드 도대체 뭐냐!'

별거 없다. 현석에게 쩔을 받은 길드일 뿐.

시간이 흘러, 트롤이 딱 3마리 남았을 때 문창석이 슬레이어들에게 정지를 요청했다.

작전은 대성공이었다. 트롤을 딱 3마리 남겼고 두 마리는 일반 무기로, 한 마리는 몬스터스톤을 함유한 무기로 죽였다.

함께 작전을 수행한 골드 등급 슬레이어들은 두 눈을 꿈뻑거리며 인하 길드원들을 쳐다봤다.

비 슬레이어인 군인들이 생각했던 걸 똑같이 생각했다.

'쟤네… 인간 맞아?'

어쨌든 작전은 성공리에 잘 끝마쳤다. 앞서 언급했듯 남은 트롤 중 두 마리는 일반 무기로, 한 마리는 몬스터스톤을 함유한 무기로 죽였다.

그리고 실험의 결과는 다음 날, 바로 밝혀졌다. 물론 트롤 몬스터 웨이브를 처리한 것도 무슨 등급의 업적으로 판정되었는지도 밝혀졌다.

CHAPTER 10

트롤 웨이브를 처리한 것은 '불가능 업적'이었다. 결과만 놓고 봤을 때에 현석이 디펜스에 나서지 않은 건, 더 정확히 말하자면 민서가 펼친 전투 필드에서 벗어나 있던 것은 잘했다고 볼 수 있었다.

물론 30초 내에 처리해 봐야 더 정확히 알기야 하겠지만 그건 정부와 군과의 약속 때문에 실험해 보지 못했다. 아쉽지만 다음 웨이브에서 확인해 보기로 약조 받았었다.

민서가 말했다.

"그런데 오빠, 시간도 시간이지만… 참여 인원이 너무 많아서 그랬던 거 아닐까?"

인하 길드원 6명에 강남 스타일 길드원들을 포함하여 도합 20여 명의 슬레이어가 디펜스에 나섰다.

일단 트롤 웨이브가 얼마나 강력할지 몰라서 힘에 여유를 두고 실험해 본 것이었다.

실험을 해본 결과, 인하 길드만 있어도 충분히 상대가 가능할 정도였다. 물론 현석이 미리 H/P를 다 깎아놓는다는 가정 하에서 말이다.

제아무리 인하 길드라고 해도 현석의 도움이 없다면 트롤 웨이브를 독단으로 막기는 어렵다.

하지만 그 말을 달리 하자면 현석이 파워 컨트롤을 통해 대미지 출력을 적당히 조절하여 미리 공격을 해놓으면 인하 길드만의 힘으로도 웨이브를 충분히 없앨 수 있다는 말이 되기도 했다.

김연수도 말을 보탰다.

"확실히… 일리가 있어. 참여 인원수를 카운팅했고… 인원수가 줄어들면 업적이 상향 조정될지도 몰라. 그리고 이미 한 번 경험해 봤으니까 시간도 훨씬 단축할 수 있을 것 같아. 30초 안에… 가능할지는 모르겠지만."

하종원이 주먹을 불끈 쥐었다. 마치 청춘 드라마에 나오는 열혈 주인공 같은 모양새였는데 요즘 조금 과장된 제스처를 연습하는 모양이다.

"30초? 까짓 거 그냥 해보지 뭐. 우리끼리 한 번 해보자!"

이명훈은 인상을 팍 찡그렸다.

"아씨, 무서운데."

그러나 이명훈이 엄살을 부린다는 건, 그렇게 무섭지는 않다는 뜻이다.

이명훈은 정말로 위험하거나 무서운 상황에 처하면 엄살을 안 부리고 오히려 허세를 부리니까. 사실상 가장 위험하다고도 할 수 있는 평화도 빙그레 웃으면서 인하 길드만으로 디펜싱에 나서는 것에 찬성했다.

하종원이 현석의 등을 탕탕 쳤다.

"우린 뒤에 슈퍼 치트키가 버티고 있으니까!"

　　　　*　　　　　*　　　　　*

인하 길드의 다음 목적지는 경기도였다.

그래서 강남 스타일 길드원들은 새벽 일찍 출발해야만 했다. 충청도까지 가야 했으니까. 덕분에 파티도 좀 일찍 끝났다.

슬레이어 중 한 명이 말했다.

"아니. 걔네는 그냥 가면 순식간에 끝날 텐데 굳이 그렇게 가까운 데로 가야 한대요?"

"그거 플래티넘 슬레이어한테 직접 가서 따져."

"아니, 그냥 말이 그렇다는 거지. 누가 따진대요?"

그도 실제로 따질 생각은 없었다. 플래티넘 슬레이어 덕분에 불가능 업적까지 얻었다.

지금 한국 내에서 플래티넘 슬레이어를 제외하고 불가능 업적을 받게 해주는 슬레이어는 아무도 없다.

무조건 잘 보여야만 한다. 운 좋게 또 같이 슬레잉을 할 수도 있지 않은가.

그런데 문득 한 명이 의문을 표했다.

"그런데 생각해 보니까 플슬은 왜 업적을 공유 안 한 거지?"

일부러 전투 필드에서 빠져나오지 않았던가. 마치 '불가능 업적따윈 자존심 상해서 안 받을 거다'라고 말하는 것처럼 말이다.

플래티넘 슬레이어에 대한 이미지가 있다 보니 그들은 오해했다.

"우리랑 같은 업적 받는 거 때문에 자존심 상해서 그런 거 아냐?"

"에이, 설마. 그래도 자존심 때문에 불가능 업적을 포기하진 않겠지."

"우리한테나 불가능 업적이 엄청난 거지, 그 사람한테는 별거 아닐걸?"

확실히 설득력이 있는 말이었다.

"우리랑 같은 업적을 공유하는 것 정도로 자존심이 상한다면… 자존심이 엄청 센가 보다."

"그렇지. 그런 사람 심기 잘못 건드리면 진짜 뭐 되는 수가 있어."

"그러게. 진짜 조심해야겠네."

또 다른 오해가 또 쌓였다. 골드 등급 슬레이어로만 이루어진 강남 스타일에 암묵적인 룰이 생겼다.

비록 오해에서 비롯된 거긴 하지만 인하 길드원들한테는 무조건적인 친절을 베풀기로 했다.

손님을 대접하는 사장의 마인드로 생글생글 웃기로 마음먹었다. 일단, 일차적으로 한국의 시도는 성공이었다. 전 세계에서도 이와 같은 성공에 찬사를 보냈다.

〈몬스터스톤을 함유한 무기, M—Arm. 리젠 현상을 막다.〉

몬스터스톤을 함유한 무기는 이제 정식 명칭까지 생겼다. 이름 하여 M—Arm.

일반 무기와 차별화를 두기 위해 그렇게 부르게 됐다. 한국은 이번에 M—Arm을 적절히 활용하여 전국의 트롤 웨이브를 적당히 막아냈다. 시험 대상은 총 다섯 곳.

그중 한 곳은 슬레이어들과의 협동을 했고 나머지 네 곳은 M—Arm으로 막아냈다.

서울 지역.

일반 무기로 죽인 몬스터의 숫자는 두 마리. 나머지는 슬레이어들과 M—Arm으로 막았다. 슬레이어들이 죽인 개체수가 약 80여 마리 정도 됐고 M—Arm으로 죽인 개체수가 약 10여 마리쯤 됐다.

다음 날 서울 외곽에 출몰한 트롤의 수는 겨우 8마리.

다른 지역들과 실험 결과를 종합적으로 살펴보니 흥미로운 결과가 도출됐다.

M—Arm은 분명 몬스터 리젠 현상을 막을 수 있는 기술이긴 했다. 그러나 완벽한 건 아니었다.

10마리를 M—Arm으로 죽이면 그중 5마리가 리젠되었다. 정확하게 딱 1/2 비율을 유지하는 건 아니지만 통계적으로 살펴보면 그랬다.

며칠이 지났다.

이번 트롤 웨이브도 M—Arm을 사용하고 또 슬레이어들과 협조하여 쉽게 막아냈다. 지금에 이르러서는 몬스터 웨이

브라고 말하기도 민망한 수준의 하루 10마리 정도의 트롤만 나타나고 있다

물론 슬레이어들만 있다면 10마리는 좀 위험한 숫자이기는 하지만 이제는 M—Arm이 도와준다.

많은 중소 길드가 웨이브 디펜스에 참여를 원했다.

"우리도 웨이브에 동참할까? M—Arm이 도와주잖아."

"정부에서도 적극 장려하고 있는 추세고. 너무 늦으면 개체수가 더 떨어질 거야."

"지금이라도 참여해서 그린스톤 한두 개만 주워도 몇 달은 놀고먹을 수 있는 거지."

정부에서도 유니온에서도 슬레이어들의 참여를 독려했고 슬레이어들도 자발적으로 디펜스에 참여했다.

몬스터 웨이브는 이제 새로운 돈벌이 수단이 됐다.

M—Arm이 죽인 몬스터 중 1/2이 리젠된다. 그렇다면 이제 그 숫자는 계속 줄어들 거다.

그러니까 참여하려면 빨리 참여해야 한다는 위기의식(?)까지 겹쳐져서 전국의 슬레이어들이 디펜스에 나서게 됐다. 그 와중에 안타깝게도 사망자가 발생하기도 했다.

안타까운 소식을 가끔 접할 때마다 현석은 한숨을 내쉬었다.

'아무리 그린스톤이 좋아도… 자기 앞가림은 하면서 참여

해야지.'

현석이야 워낙에 쉽게 얻어서 그 가치가 굉장히 낮아 보이지만 그린스톤은 일반 슬레이어들에게 있어서 거의 복권 수준—약간의 과장을 하자면—이다.

이 상황을 무조건 좋다고 볼 수만은 없었다.

'자이언트 터틀 때처럼 예상하지 못한 일은 계속 발생해.'

일본이 자이언트 터틀 테마파크를 설립했을 때, 일본의 아이디어에 다들 놀랐었다.

실제로 관광 수입도 엄청나게 올렸다. 물론 피해 보상하는 데에 들어간 돈이 그보다 수십 배는 많았지만 어쨌든 초기에는 성과가 좋았다.

'그 누가 90일이 지나면 갑자기 등급이 올라갈 거라고 생각이나 했겠어?'

아무도 그런 생각을 못 했다. M—Arm 역시 지금 당장은 좋은 성과를 보이고는 있으나 나중에 또 어떻게 될지 모른다.

미국에서도 트롤 웨이브가 시작되었으나 이번엔 현석에게 도움을 요청하지 않았다.

일본도 마찬가지였다. M—Arm은 몬스터 웨이브를 막아내는데 대단히 효과적이었고 플래티넘 슬레이어의 힘이 없어도 처리가 가능했다.

시간이 흘렀다.

약 세 달이 흘렀을 때, 두 가지 커다란 이슈가 세상을 강타했다.

〈트윈헤드 트롤 웨이브 한국을 덮치다!〉
〈일본. 자이언트 터틀—(강) 10여 마리 동시 출몰.〉

M—arm과 재래식 무기를 적절히 혼용하여 미약한 세기의 웨이브를 유지해 오던 것도 소용이 없게 되어버렸다. 전멸시킨 것이 아닌데도 다음 단계의 웨이브가 시작됐다.

민서가 헐레벌떡 현석의 방 안으로 뛰어들어 왔다.

"오빠! 오빠! 오빠! 오빠! 자이언트 터틀 나타난 거 사진 봤어? 대애애박이야!"

현석이 고개를 끄덕였다.

민서가 왜 저렇게 호들갑을 떠는지 알 것 같다. 일본에 나타난 자이언트 터틀은 일반적인 자이언트 터틀이 아니었다.

＊　　　＊　　　＊

"그린스톤을 포함한 M—arm으로는 소용이 없습니다!"

"여전히 공격이 무효화되고 있는 상태입니다. 새로운 대책이 필요합니다."

미국에서는 과거 그린 등급의 M—arm을 사용하여 자이언트 터틀을 사냥한 적이 있다.

물론 9천억 원에 가까운 폭발력이 강한 무기들을 쏟아부어 이루어낸 성과 아닌 성과였지만 어쨌든 가능하긴 했었다.

그런데 이번에 나타난 자이언트 터틀—(강)의 경우는 아니었다. 일본 자위대는 물론이고 일본 유니온도 대책 마련에 나섰다.

그러나 지금 당장 아주 무시무시한 문제라고는 할 수 없었다. 실드가 한층 더 강력해진 개체임에는 틀림없었지만 그에 반해 겁이 훨씬 많아졌다.

"자이언트 터틀은 여전히 공격을 하지 않고 있습니다."

"여전히 위협은 되지 않습니다. 다만 저희의 공격도 계속 무효화되고 있습니다."

슬레잉에 대해서 잘 모르는 일반인들은 솔직히 조금 어이가 없었다. 자위대원들이 출동했고 M—arm을 대거 사용했으며 슬레이어들이 공격하고 있는 개체가 겨우 크기 1미터 정도의 작은 거북이가 아닌가.

누가 보면 세계 제일의 괴수를 공격하고 있는 듯한 비장함까지 감돌고 있었다.

"유투브 영상 봤어? 그 거북이들 완전 귀엽던데?"

"야야. 그래도 자이언트 터틀 새끼들이잖아. 언제 또 난폭해질지 몰라."

자이언트 터틀은 그 비장함에 걸맞지 않은 귀여움으로 일반 사람들의 시선을 잡아 끌었다.

"저 자이언트 터틀이 나중에 커져서 사람들을 엄청 죽일지 어떻게 알아. 약할 때 빨리 잡아 없애야지."

"그래도 귀여운데……."

영상만으로 자이언트 터틀을 접한 사람들이 자이언트 터틀이 귀엽다면서, 저 조그만 생물체에게 무자비한 공격을 가하고 있는 건 아무래도 옳지 못한 행동 같다는 말까지 나돌았다.

그나마 동물 보호 협회에서 딴지를 걸지 않는게 다행이라는 말까지 인터넷에서 떠돌 정도였다.

현재 자이언트 터틀은 완전히 새끼로 추정됐다.

크기는 겨우 1미터 가량. 어느 시점에 이르러서 한꺼번에 확 커지는 타입의 몬스터인지는 몰라도 일단 성장 속도는 굉장히 더뎠다.

공격 능력도 전무했는데 방어 능력만큼은 타고났다. 일단 블루 등급의 몬스터다 보니 그린 등급의 M—arm의 공격은 소용이 없고 다른 슬레이어들의 공격도 무효화됐다.

일단 공격받으면 바로 등껍질 속에 숨어버리는 겁쟁이들이어서 공략하기가 여간 어려운 게 아니었다.

불에 집에 넣어 불태워도 보고 고압 전류를 흘려보기도 하고 무차별 폭격을 가하기도 했지만 크기 1미터의 자이언트 터틀은 난공불락의 요새처럼 그 모든 공격들을 무위로 흘려 버렸다.

확인된 사실은 아니지만 핵시설에서 핵을 이용한 공격도 해봤다는데 소용이 없다는 말까지 있었다.

현석이 말했다.

"문제는 지금은 저렇게 작고 온순한 자이언트 터틀이 또 언제 변해 사람들을 해칠지 모른다는 거야."

연수도 심각한 표정으로 고개를 끄덕였다.

"그게 가장 큰 문제지. 일본 정부에서도 일단 따로 시설을 만들어서 격리 조치를 취했다고 하는 것 같던데."

"어떤 공격도 통하지 않는데 일단 그렇게라도 해야지. 만에 하나라도 갑자기 커지거나 난폭해져서 사람들을 공격할 지도 모를 일이니까."

그런데 유니온으로부터 연락이 왔다. 제법 재미있는 이야기가 오고갔다. 현석과 성형이 대화를 나눴다.

"그러니까 제 정체를 숨기고서 활약을 해달라. 이건가요? 대신 슬레잉 대상이 된 몬스터 지분 전체에……."

"거기에 자이언트 터틀 한 마리를 처리해 주는 비용으로 천억을 제시하더라고."

"일본 유니온도 돈이 많은가 보군요."

일본 유니온은 한국 유니온에 자이언트 터틀에 대한 지분 전체를 양도하고 터틀 한 마리당 천억 원을 제시했다.

아예 자이언트 터틀에 대한 소유권 전체를 넘기겠다고 했다. 게다가 일본 내 슬레잉을 자유롭게 할 수 있는 허가 조항까지 내놓았다.

자국의 몬스터는 상당히 귀중한 자원이므로 타국의 슬레이어가 함부로 슬레잉하지 못한다는 룰이 있음에도 불구하고 말이다.

"지금 당장 죽여 달라는 건 아닐 거 같은데……."

"그렇지. 지금은 일본에서 어떻게든 손을 써보려고 노력하는 중이야. 그런데 어떤 돌발 상황이 발생할지 모르잖아."

"지금 당장 위험하지도 않은데 천억 원을 제시하고 일본 내 슬레잉 권한을 그냥 주겠다는 거예요?"

"그들은 지금 눈에 보이는 가시적인 성과가 필요한 상황이거든."

사실 일본이 슬레잉의 강국이라고 불리고는 있으나 일본 유니온이 제대로 이룩해 낸 성과는 거의 하나도 없다고 보면 됐다.

싸이클롭스도 현석이 처리했고 자이언트 터틀도 현석이

처리했다. 심지어 몬스터 웨이브마저도 현석이 처리해 줬었다. 이제 M—arm이 발달됐고 한국에서 몬스터 웨이브를 처리하는 것을 봤으니 이후 발생하는 몬스터 웨이브는 막을 수 있다는 것이 그나마 그들이 내세울 수 있는 업적이었다.

"그러한 상황에서 겨우 1미터의 자이언트 터틀들 때문에 골머리를 썩고 있다는 것까지 알려지기는 싫은 거지."

"그렇군요."

현석은 제안을 받아들이는 쪽으로 비중을 두고 생각에 빠졌다. 싸이클롭스는 모르겠는데 자이언트 터틀은 얼마든지 사냥할 수 있다.

싸이클롭스는 '불가능 업적'이 뜰 수도 있는 개체다. 불가능 업적은 잔여 스탯을 충분하다 싶을 정도로 모을 때까지는 피하고 싶었다. 그러나 자이언트 터틀은 '불가능 업적'은 아니다.

'한 마리에 천억 원. 게다가 새끼긴 하지만 블루스톤을 드롭할 수도 있어. 뿐만 아니라 일본 내 슬레잉 자유권까지. 게다가 던전은 대부분 쉬운 업적이나 어려운 업적으로 인정된다.'

명훈과 함께라면 일본에 있는 히든 던전을 마음 놓고 발굴하러 다닐 수 있을 거다.

원래 타국 슬레이어들은 던전을 깨지 못하게 되어 있다.

예전에도 일본에 입국해서 던전을 클리어하려고 했었다가 실패한 적이 있지 않았던가.

하지만 이 시간부로 일본에서의 슬레잉이 가능해진다는 소리였다. 물론 실제 이름, 그러니까 플래티넘 슬레이어라는 건 숨겨야겠지만.

그것과는 별개로 성형은 또 다른 얘기를 하나 했다.

"현석아, 그 뭐냐… 플래티넘 슬레이어에게 오는 수많은 팬 레터와 각종 편지는 유니온 차원에서 계속 걸러도 되는 거지? 분류는 착실히 해놓고 있는데 담당자가 죽으려고 하더라."

"아… 예, 뭐, 그렇게 해주세요."

사실 현석 때문에 유니온의 실무자들은 좀 고생이다. 하루에도 팬레터가 수만 통씩 쏟아진다.

팬레터는 물론이고 온갖 선물부터 해서 심지어 투자 건의까지. 별별 편지가 다 온다. 일반인들은 플래티넘 슬레이어에 대해 모르니까 유니온을 통해 연락을 하고 싶어 하는 거다.

유니온은 그래서 실무자를 따로 두고 팬레터 등을 따로 분류하여 정리한다.

버리진 않고 카테고리별로 따로 모아놓는데 그 수가 워낙 많다 보니 현석도 이제 확인을 잘 못 한다. 확인을 하려면 날밤 꼬박 새게 생겼다.

이런 사안 외에도 여러 가지 이야기를 나눴다. 현석과 성형은 보통 이야기를 나누면 사소한 이야기부터 중요한 이야기까지 최소 1시간 이상은 얘기를 나누는 편이었다.

어쨌든 가장 중요한 사안은 바로 일본 유니온의 제의를 수락하느냐 마느냐였고 현석은 결정을 내렸다. 그리고 며칠 뒤, 일본 유니온에는 새로운 신성이 나타났다.

일본 슬레이어들을 하나로 모을 수 있는 구심점이 될 수 있는 그런 존재였다.

〈일본 유니온. '스페셜 등급'의 슬레이어 등장 발표.〉
〈스페셜 등급'의 슬레이어. 그는 과연 누구인가!〉

한국에도 플래티넘 슬레이어가 있는데 일본에도 그런 슈퍼 히어로가 없으리란 법은 없다. 일본 국민들은 새로운 영웅의 등장에 환호했다. 물론 그가 누군지는 모른다.

하지만 일본 유니온은 한국 유니온의 플래티넘 슬레이어에게 결코 뒤처지지 않는 무력을 지녔다고 자신 있게 공표했고 그러한 발표에 한국 유니온도 별다른 반응을 보이지 않았다.

일본 사람들은 모이기만 하면 스페셜 슬레이어에 대한 얘기를 나눴다.

"한국 유니온에서 아무 말도 안 하고 있는 거 보면 그 스페셜 등급의 슬레이어가 진짜 플래티넘 슬레이어만큼 강한 건 아닐까?"

"모르겠어. 아직 스페셜 등급의 슬레이어가 뭔가를 보여준 것도 아니고. 뭔가 보여주면 그때 평가가 이뤄지겠지."

"겨우 한국 따위에서 플래티넘이 나오는데, 대 일본에서 나오지 않는다는 건 말이 안 되지."

일본인들은 자랑스러워했다.

"뒤늦게 출발한 후발 주자인데도 이렇게 순식간에 강해졌다면 시간이 지나면 플래티넘 슬레이어를 따라잡을 수 있겠지."

일본인들은 그것에 희망을 걸었다. 한국 슬레이어보다 더 뛰어난 슬레이어가 나타나주길 바라고 또 바랐다.

다시 말해, 스페셜 슬레이어를 열심히 응원했다.

CHAPTER 11

일본 측에서는 스페셜 슬레이어가 자이언트 터틀을 죽였다고 선전을 할 셈이다.

현재의 일본 유니온을 갈아엎고 새로운 유니온을 만들자는 움직임까지 포착되고 있는 상황. 유니온 내에서도 그런 움직임이 있고 그 밖에선 제2의 유니온 쿠마가 바짝 뒤따르고 있다. 결국 유니온장 야마모토는 양날의 검이 될 수도 있는 선택을 한 것이다.

자이언트 터틀 분리 시설.

현재 스페셜 슬레이어의 정체는 극비다. 이게 알려지면 일본 유니온은 엄청나게 욕을 먹게 될 거다. 스페셜 슬레이어라는 얼굴 없는 영웅을 만들어내어 일본 유니온의 입지를 다지기는 했는데 이는 상당한 리스크를 짊어져야 하는 것이었다.

국민을 속인 것은 물론이요 슬레이어들도 속였다. 뿐만 아니라 그걸 대가로 플래티넘 슬레이어에게 일본에서의 슬레잉 권과 거액의 돈까지 갖다 바쳤다. 들키면 자살해야 할지도 모른다.

현석은 일본 유니온의 간부인 쿠로사키의 안내를 받아 이곳에 들어올 수 있었다. 분리 시설에서 일하는 사람들도 있기 때문에, 스페셜 슬레이어인 그는 복면을 썼다.

"여기, 이 방 안입니다."

삼엄한 보안 설비를 지나쳐 두터운 철문을 열고 들어갔다. 플래티넘 슬레이어이자 스페셜 슬레이어인 현석은 자이언트 터틀—(강)이라고 짐작되는 새끼 몬스터들을 쳐다봤다.

크기는 역시 약 1미터 가량. 아무래도 한 번에 확 성장하는 개체가 아닐까 싶다. 사실상 거북이가 1미터쯤 되면 그렇게 귀엽기만 한 것은 아니다.

보통 파충류를 좋아하는 흔하지 않은 취향을 가진 게 아니라면 말이다.

'이렇게 작은 놈들이… 그토록 높은 방어력을 갖고 있다는

말이지?'

덩치가 크다고 방어력이 강한 건 아니지만 이렇게 작은 놈들의 방어력이 싸이클롭스를 상회한다고 생각하면 상당히 놀라운 일이었다.

그런데 의외로 민서가 자이언트 터틀을 귀엽게 생각했다.

처음에는 쭈뼛쭈뼛하는가 싶더니 어느새 자이언트 터틀의 머리를 간지럽히기도 하고 등을 쓰다듬기도 하면서 자이언트 터틀과 놀았다.

"민서야, 언제 위험해질지 모르니까 너무 접근하지 마."

그런데 민서의 상태가 조금 이상했다. 뭔가 말을 하려고 하다가 눈치를 살폈다.

"오빠."

"응?"

"나 오빠한테 할 말 있어."

"뭔데? 중요한 얘기야?"

민서는 옆의 쿠로사키를 힐끗 쳐다봤다. 아무래도 쿠로사키가 있는 곳에서는 말하기가 곤란한 모양이었다.

쿠로사키는 제법 눈치도 빠른 편이었다.

'어차피… 이곳에서는 어디 다른 곳으로 가지도 못해.'

방 안에는 카메라들이 달려 있고 인간 개인의 힘으로는 탈출도 불가능하다.

물론 플래티넘 슬레이어가 어디 도망가거나 그럴 상황도
아니고. 잠깐 자리 비켜주는 거야 별로 어려운 일도 아니었
다.

그리고 별로 어려운 일이 아닌 게 아니라, 어려운 일이라
고 해도 플래티넘 슬레이어가 눈치를 주면 알아서 잘 알아차
려야 한다.

유니온장에게도 특별 지시를 받았다. 플래티넘 슬레이어
의 기분을 절대 거스르지 말고 어지간한 건 다 해주라는 지
시였다.

쿠로사키가 정중히 말했다.

"잠시 비켜드리겠습니다."

자이언트 터틀의 새끼들과 이상하리만치 친근함을 보인
민서가 놀라운 이야기를 꺼냈다.

*　　　　*　　　　*

약간 경직되어 있는가 싶었던 민서의 얼굴이 쿠로사키가
밖에 나가자마자 활짝 펴졌다. 굉장히 상기된 얼굴로 말했
다.

"오빠!"

"응?"

"나 PRE—하드 모드 진입 퀘스트 떴어."

"오, 그러냐?"

현석은 여태까지 모드 승급 퀘스트를 받아본 적이 없다. 강제 진입밖에 못 해봤다. 그러나 다른 슬레이어들은 다음 모드로 넘어가기 위해 퀘스트를 받는다.

현석을 제외한 모두가 그래왔다.

그런데 민서에게 PRE—하드 모드 진입 퀘스트가 떴단다. 그렇다면 곧 인하 길드원들에게도 퀘스트가 뜰 거다.

전 세계 최초로 전 길드원이 PRE—하드 모드 이상에 진입한 길드가 될 것이 확실해 보였다.

애초에 지금 노멀 모드 위에 PRE—하드 모드가 있다는 것도 인하 길드와 성형 외엔 모르고 있는 사실이다. 딱, 한 가지 조금 이상한 점을 꼽아보자면.

'PRE—하드 모드 진입했을 때엔 최초 업적이 성립이 안 됐어.'

보통 '최초'의 경우 업적으로 인정되는 경우가 많다. 전부 그런 건 아니다.

그린 등급의 오크가 처음 나왔을 때에는 최초 업적으로 인정이 안 됐다. 세계 어디에선가 현석도 모르는 사이에 그린 등급의 오크를 슬레잉했다면 얘기가 달라지지만. 어쨌든 지금 중요한 건 그게 아니었다.

현석이 다시 물었다.

"그래서? 퀘스트 클리어 조건이 뭔데?"

"오크 30마리, 트윈헤드 오크 30마리, 트롤 20마리, 트윈헤드 트롤 20마리, 웨어울프 10마리, 웨어울프―(강) 5마리, 자이언트 터틀 3마리… 를 사냥하라는데?"

사실상 이 조건들 같은 경우 민서에게는 그렇게 어려운 조건은 아니었다. 나머지 조건들은 이미 클리어가 완료됐다.

노멀 모드에 접어들 때의 퀘스트와 마찬가지로 이미 이룩한 결과들은 퀘스트 클리어 조건에 적용이 됐다.

"오빠랑 같이 자이언트 터틀을 잡은 게 2마리였고, 이제 한 마리만 더 잡으면 되는데……."

"여기 많네."

현석은 피식 웃었다. 크기가 작긴 하지만 어쨌든 자이언트 터틀은 자이언트 터틀이다.

정확하게 밝혀진 건 아니지만 예전 일본에 나타났던 자이언트 터틀이 짝짓기를 그렇게 열심히 했다더니 그 새끼들이 아닐까 싶었다.

'그런데 자이언트 터틀 3마리라면 다른 슬레이어들은 클리어 못하겠는데?'

물론 사람마다 퀘스트의 내용이 다르긴 하다. 애초에 현석이 이렇게 강해질 수 있었던 것도 퀘스트의 내용이 달라서였다.

물론 머리도 썼고 운도 따라줬지만 어쨌든 발단은 퀘스트의 내용이 다른것에 있었다고 할 수 있었다.

현석이 말했다.

"일단 다른 애들 퀘스트 뜰 때까지는 기다려 보자."

인하 길드원들에게 어떤 퀘스트가 부여될지는 모른다.

다만 민서와 마찬가지로 자이언트 터틀을 잡아야 하는 퀘스트가 있다면 이쪽으로 불러서 한꺼번에 처리하는 게 나았다.

던전 안에서는 파티 시스템이 활성화되지만, 필드에서는 같은 전투 필드 내에 있어야만 업적이나 보상이 공유되니까 말이다.

*   *   *

일본 유니온은 속이 바짝 탔다.

스페셜 슬레이어가 나타난 것까지는 좋았다. 그 스페셜 슬레이어가 뛰어난 무력을 선보이는 것도 좋았다.

일부러 더 노출시켰다. 트롤을 단 세 방에 처리했고 일본에 나타난 웨어울프까지도 쉽게 때려잡으면서 어느 정도 그 힘이 입증됐다.

그러나 정작 중요한 자이언트 터틀은 어떻게 처리하지 못하고 있는 상황이다.

못하는 게 아니라 안하는 거지만.

"현석씨 자이언트 터틀은 언제쯤……?"

"조금만 더 기다려주세요."

일본 유니온의 길드장 야마모토는 끄응, 하고 한숨을 내쉬었다.

계약서를 한 번 보고, 두 번 보고, 세 번 보고, 네 번 살펴봤지만 언제까지 처리해 달라는 조항이 없었다.

만약 그런 조항이 있었다고 하더라도 감히 플래티넘 슬레이어를 강제할 수는 없는 노릇이지만 어쨌든 애꿎은 계약서를 자꾸만 원망했다.

'젠장… 스페셜 슬레이어가 자이언트 터틀을 쉽게 잡을 수 있다고 언론질을 해놨는데.'

지금 일본 유니온인 이치고는 그 입지가 흔들리고 있다. 애초에 '이치고'는 일본의 제1 유니온으로 시작한 게 아니었다.

유니온이 처음 만들어졌을 때. 그러니까 초창기에는 3개의 유니온이 각축전을 벌였다. 그러다가 살아남은 것이 바로 이치고였다. 그런데 최근에는 이치고가 영 힘을 못 쓰고 있다.

그런 의미에서 한국 유니온은 일본 유니온의 관점에서 보자면 굉장히 평탄한 유니온이라 할 수 있었다.

한국 유니온은 처음부터 단일 개체였다.

척살조로부터 시작한 그것은 국민들과 슬레이어들의 열렬한 지지도 받았다. 척살조를 응원하는 사람들이 엄청나게 많았으니까.

힘 스탯 1위의 하종원과 I'UET의 부단장 박성형이 힘을 합쳤던 데다 결정적으로 플래티넘 슬레이어가 영입됐다.

3천억을 공짜로 받을 수 있는 미국행도 거절한 플래티넘 슬레이어가 한국 유니온에 체류를 결정한 거다. 단번에 구심점이 생겼다.

'게다가 한국에는 슬레이어의 숫자가 겨우 1만여 명 밖에 안 돼. 그러니까 분열이 생길 염려도 적지. 이럴 땐 박성형이 부럽군.'

그리고 무엇보다도,

'플래티넘 슬레이어를 가지고 있는 건 신의 한 수다.'

이게 최고였다.

압도적인 무력. 대체 불가능한 최고의 슬레이어.

이 슬레이어의 존재가 한국 유니온을 뒤에서 든든히 떠받쳐 주고 있다.

아마 앞으로도 한국 유니온의 입지는 흔들리지 않을 거라고 생각했다.

'아니. 흔들리지 않는 정도가 아니라 더 위로 치솟겠지. 더 강한 몬스터들이 생길 테니까.'

며칠이 흘렀다.

인하 길드의 전원이 모였다. 현석이 떨떠름한 표정으로 재차 확인했다.

"뭐야? 진짜 우리 길드원 모두가 동 퀘스트라고?"

*   *   *

〈자이언트 터틀—(강) 갑작스런 변화.〉

〈그동안 사태를 지켜보던 이치고. 스페셜 슬레이어를 통한 슬레잉 성공!〉

일본 유니온 이치고는 자이언트 터틀을 슬레잉했다고 발표했다. 원래는 위험하지 않아 그냥 지켜보고만 있었는데 갑자기 어느 순간 난폭해졌으며 덩치가 기하급수적으로 커지기 시작했다고 말했다.

그래서 대기 중이던 스페셜 슬레이어가 자이언트 터틀을 슬레잉했다고 밝혀졌다.

간만에 일본인들은 기세가 등등해졌다.

"하기야 플래티넘 슬레이어도 해내는 걸 스페셜 슬레이어가 못 할 리가 없지!"

"그게 아니라 이제 우리 일본 유니온의 등급 제도를 세계가 따르게 될걸?"

심지어 이젠 일본 유니온 등급 통합설까지 나돌았다.

현재 등급제도는 각 유니온별로 다르다. M—20에서 이제 등급 제도를 전 세계적으로 규격화하자는 목소리가 있기는 했으나 이미 각 유니온별로 다른 등급제를 채택하고 있는 와중에 단번에 바꾸기는 힘든 노릇이었다.

어느 나라를 기준으로 할 것인지도 애매했고, 그렇다고 새로운 기준과 등급을 만드는 것도 그리 쉬운일이 아니었으니까.

일본인들은 자신만만해졌다.

"그렇지. 사실 플슬만 제외하면 한국 슬레이어들이 우리 슬레이어들에 비해 뒤떨어지는 게 사실이잖아?"

"그렇지!"

'플슬만 제외하면 한국 슬레이어들이 일본 슬레이어들에 비해 떨어진다'라는 근거는 그 어디에도 없다. 그냥 일본인들이 하는 말이었다.

어쨌든 일본 유니온 이치고의 입지가 다시 굳건해지기 시작했다.

현재로서 자이언트 터틀—(강)의 방어력을 뚫고 공격할 수 있는 수단은 플래티넘 슬레이어와 스페셜 슬레이어. 단 둘밖에 없다.

그리고 그 둘 중 한명이 바로 일본 유니온 이치고에 소속되어 있다. 이 점이 굉장히 크게 작용했다.

일본 유니온의 유니온장 야마모토는 한시름 덜었다.

지금 제1 유니온의 뒤를 바짝 쫓고 있는 '쿠마'와의 격차도 이제 한참 벌어졌다.

스페셜 슬레이어라는 구심점을 통해 이제 이치고가 날개를 활짝 펼 일만 남았다.

'하지만… 과연 옳은 선택이었을까?'

그러나 완전히 옳은 선택이라고 하기는 힘들었다.

일단 이건 사기극이다.

모두가 스페셜 슬레이어라고 알고 있는 그는 사실은 한국의 플래티넘 슬레이어다. 세상에 영원한 비밀은 없는 법이다.

'비밀이 밝혀지기 전까지… 세력을 크게 확장시켜 놓아야 해.'

만약 그러한 비밀이 밝혀지더라도, 이치고가 제1 유니온으로써 우뚝 서서 버틸 수 있을 만큼의 저력을 쌓아야만 했다.

그런데 그것 외에도 한 가지 문제가 남았다.

'그리고 그 문제는⋯⋯.'

바로 인하 길드와 관련한 문제였다.

플래티넘 슬레이어가 하도 강력하게 주장해서 들어주기는
했는데 잘한 짓인지는 모르겠다.

CHAPTER 12

한편, 인하 길드원 전원이 길드 하우스에 모였다.

안 그래도 강했던 인하 길드다. 그들이 이제 현석을 제외하면 전원 PRE―하드 모드에 진입했다.

현석은 하드 모드다.

보통의 슬레이어들은 'PRE―하드 모드'라는 게 있는 것도 잘 모른다. 그 모드에 모두가 진입한 인하 길드원들은 어안이 벙벙했다. 모드가 높아지면서 모두에게 몇 가지 변화가 생겼다.

길드 하우스 앞마당.

실외 수영장에 마련된 의자에 앉은 현석은 흡족하게 웃었다. 활짝 웃고 있는 나이 차이 많이 나는 동생을 보고 있노라면 괜히 기분이 좋아졌다. 현석은 민서의 머리를 몇 번 쓰다듬었다.

"그렇게 좋냐?"

민서는 어깨를 살짝 움츠리고서 배시시 웃었다. 어지간히도 기분이 좋은 듯했다.

"응, 좋아."

저만치 멀리서 그 모습을 지켜보던 평화는 손을 머리 위로 얹었다.

'나, 나도⋯⋯.'

저도 모르게 손을 움직였다. 머리를 쓰다듬어 봤다. 그래 봐야 현석이 쓰다듬어 주는 게 아니고 혼자서 쓰다듬는 거지만.

'내, 내가 뭐하는 거람?'

평화는 주위를 황급히 둘러봤다.

다행히 본 사람은 아무도 없었다. 부러움에 겨워 자기도 모르게 나온 행동 때문에 굉장히 부끄러워진 평화는 황급히 길드 하우스 안으로 들어가 버렸다.

2층 테라스에 앉아 있던 종원이 명훈의 귀에 속삭였다.

"야, 명훈아. 방금 평화 봤지?"

"어, 봤다."

"이거 말하면 엄청 쪽팔려 하겠지?"

"하지 않는 게 좋을걸."

종원은 고개를 끄덕였다. 그는 봤다. 평화가 민서를 보고서 자기 머리의 손을 올려 비비는 것을. 아무래도 평화에게는 봤다고 말하지 않는 게 좋을 것 같았다. 안 그래도 얼굴이 새빨갛게 달아올라 있지 않은가.

종원이 말했다.

"쟤도 중증이다."

명훈도 낄낄대고 웃다가 다시 아래를 쳐다봤다. 손가락으로 아래를 가리켰다. 민서가 있는 방향이었다.

"저기 더 중증인 애 하나 있네."

"쟤는 왜 저렇게 계속 미친 사람마냥 낄낄대고 있냐?"

"좋을 만도 하지."

"그건 그렇지만……."

그래도 정도가 너무 심했다. 혹자가 보면 정신병자라고 할 만큼 민서는 헤벌레 웃고 다녔다.

명훈이 말했다.

"쟤 또 다이빙한다."

"또?"

"내가 세어 봤는데 오늘만 332번째야."

심지어 지금은 옷을 입은 상태로 수영장에 다이빙까지 하고 있었다. 명훈의 말을 빌리면 벌써 300번이 넘었단다. 그것도 오늘 하루 동안 말이다.

종원이 고개를 절레절레 저었다.

"저렇게 좋을까……?"

PRE—하드 모드에 접어들면서 모두에게 변화가 있었던 것도 사실이고 다들 기뻐했던 것도 사실이다. 그런데 저 정도로 기뻐 미쳐 날뛰지는 않았다. 그 정도로 기뻐 미쳐 날뛰고 있는 사람은 민서가 유일했다. 그럴 만도 하긴 했다. 가장 큰 변화가 있었던 사람이 바로 민서였으니까.

종원이 장난스레 크게 외쳤다.

"민서야! 너 어떻게 변했다고?"

*   *   *

민서는 굉장히 들떴다.

"거북일! 거북이! 거북삼! 거북사! 거북오! 거북육!"

줄여서 일, 이, 삼, 사, 오, 육. 수영장 안으로 다이빙한 민서 곁으로 크기 1미터의 자이언트 터틀이 여섯 마리가 빠르게 헤엄쳐 왔다.

육지에서보다 꽤나 빠른 속도였다. 마치 주인을 만난 강아지처럼 애교를 부리는데, 사실상 크기 1미터의 파충류이다 보니 귀엽다고 보기에는 힘들었다.

홍세영은 거북이들이 가까이 다가오면 아무렇지도 않은 표정을 하고서 자리를 뜨는데 그 몸동작이 굉장히 경직되어 있을 정도였다.

어쨌거나 민서의 눈에는 굉장히 귀여운 모양이다. 민서는 일, 이, 삼, 사, 오, 육의 머리를 한 번씩 톡톡 건드리며 "아이, 예쁘다"를 연발했다.

옆에서 보고 있으면 저 거북이들이 저렇게 좋을까 싶다.

인하 길드의 전원이 PRE—하드 모드에 진입했다.

가장 먼저 전체 인원에게 생긴 변화로 파티 시스템을 들 수 있겠다. 원래 파티 시스템은 던전 내에서만 적용됐는데 이젠 필드에서도 적용되었다.

튜토리얼 모드 때처럼 자세하고 친절한 설명은 나와 있지 않았지만 이것은 필드에서 몇 번 슬레잉하다 보면 어떤 시스템인지, 어떤 장점과 단점 그리고 기능이 있는지 살펴볼 수 있을 터였다.

그리고 전체에게 똑같이 적용된 것은 바로 스킬 상점이라고 할 수 있겠다. 이들은 모두 현석과 마찬가지로 1회성 스킬 상점을 열람할 수 있는 기회를 얻었으며 '불가능에 도전하는 자' 칭호를 얻은 것 때문인지는 몰라도 스탯을 소비하여 스킬을 살 수 있게 됐다.

평화의 경우는 힐러의 기본에 충실하기로 마음을 먹었단
다. 그래서 다른 스킬들은 모두 배제하고서 힐을 익혔단다.

기존의 힐보다 M/P 소모가 적고 쿨타임이 적은 효과를
가지고 있었다. 다시 말해, 업그레이드 판 힐을 구매했다. 명
훈도 마찬가지였다. 그 역시 트랩퍼 본연의 임무에 충실하고
싶다면서 업그레이드 판 탐색 스킬을 구매했다. 등급이 더
높은 건 아니지만 더 좋은 스킬이라고 보면 됐다.

연수의 경우는 방어형 슬레이어로서, 클래스명은 실드 디
펜더다. 그는 이번 스킬구매에 대해 굉장히 만족스러워했다.

연수가 말했다.

"나 같은 경우는 방어 필드를 펼칠 수 있게 됐어."

"방어 필드?"

"응, 방어 필드 내에 들어오는 모든 대미지를 내가 받도록
되어 있어. 현재 대미지가 5퍼센트 감소되는 옵션도 달려 있
고."

연수는 평화와 민서를 동시에 보호해야 하는 입장이다.
몸은 하나인데 두 명을 보호해야 한다.

현재 현석은 방어형 슬레이어가 한 명쯤 더 있으면 좋겠다
는 생각을 하고는 있지만 인하 길드를 제대로 서포트해 줄
수 있는 방어형 슬레이어가 없었다.

인하 길드가 상대하는 몬스터라면 거의 최상위 등급의 몬스터들인데, 현존하는 방어형 슬레이어들 중 평화와 민서를 효과적으로 보호할 수 있을 정도의 실력을 가진 슬레이어는 거의 없었다. 괜히 엄한 사람 데려왔다가 그 사람까지 보호해 줘야 할 수도 있다.

현석이 고개를 끄덕였다.

"그 스킬 괜찮네. 방어 필드라……. 레벨이 높아지면 대미지 감소폭도 더 커질 거고."

현재는 5퍼센트의 대미지 감소가 있지만, 이후에는 감소 퍼센테이지가 더 높아질 거다. 어쩌면 방어 필드 내에 있는 슬레이어들의 방어력을 더 높여줄 지도 모를 일이다.

"하지만 조심해서 써야겠어. 민서나 평화에게 닿지 않는 엄한 공격들의 대미지까지도 집중될 수도 있잖아."

세영은 자신의 전투 스타일에 맞는 '포이즈닝'이란 스킬을 익혔다고 했다. 크리티컬 샷이 아닌 일반 공격의 대미지가 약한 편이다 보니 그것을 보완해 줄 수 있는 스킬이었는데 모든 공격에 독 대미지를 포함시킬 수 있다고 했다.

현석이 피식 웃었다.

"그럼 그거 PvP전용 아니냐?"

독 대미지는 방어력을 무시하는 특성을 가지고 있다. 그리고 독에 중독된 상태면 H/P나 M/P의 자가 회복이 불가능해진다. H/P를 30퍼센트까지 떨어뜨리면 이기게 되는 PvP에 있어서는 상당히 유리한 스킬이라고 할 수 있었다.

하종원이 옆에서 한마디를 거들었다.

"좀 얍삽하기는 해도 홍세영한텐 엄청 잘 어울리네."

하종원의 입장에선 얍삽하긴 하다. 하종원은 큰 한 방을 노리는 한 방 대미지 딜러다.

그렇다 보니 홍세영처럼 요리조리 피하다가 급소를 노려 크리티컬 샷을 가하는 스타일의 전투를 싫어한다.

홍세영의 능력을 무시한다거나 하는 건 절대로 아니지만 천성적으로 그런 걸 싫어한다.

홍세영은 움찔했으나, 예전에 현석이 '함부로 검을 막 뽑는 여자는 좀… 음… 그러니까 여자로서의 매력은 좀 떨어지지 않나?'라고 말했던 것이 떠올라 가만히 참았다. 대신 무표정한 얼굴로 말했다.

"내 새로운 스킬을 시험하기 위해 네게 PvP를 신청하겠어."

하종원이 헹, 코웃음 쳤다.

"덤빌 테면 덤벼봐라. 이 몸도 새로운 스킬을 익히셨다, 이거야."

종원은 움직임 굉장히 굼뜨다.

일반적인 슬레이어들의 경우, 스탯이 한 쪽으로 지나치게 쏠리게 되면 페널티가 있다는 사실을 인지한 그 시점부터 어느 정도 스탯을 골고루 분산시켜 투자하고 있는 상황이다.

물론 집중되는 스탯이 있기야 있지만 최소한의 밸런스는 유지하려고 한다.

그런데 하종원은 달랐다.

남자라면 묵직한 한 방이 최고라면서 끝까지 힘만 올렸다. 체력이라도 올릴 법한데 체력도 안 올렸다.

현석이 어깨를 으쓱하고선 생각했다.

'하지만 페널티도… 일정 수준 이상 엄청나게 높아지지는 않는 모양이야.'

일단 힘을 무작정 올릴 때는 현석도 약간 반대했었다. 아무리 민서의 버프와 세영과의 콤비가 있다고 해도 힘만 올리는 건 좋은 선택이 아니라고 생각했었으니까. 그런데 이제 좀 달라졌다.

종원이 짐짓 두꺼운 목소리로 말했다.

"이 몸의 특수 클래스 전격의 워리어는 스탯 쏠림 현상으로 인한 페널티를 조금씩 없애주는 패시브 스킬이 있다, 이 말이지."

PRE—하드 모드에 접어들면서 종원은 특수 클래스에 따른 특수 스킬을 얻게 되었는데 스탯 쏠림 현상으로 인한 페널티를 약간 완화시켜 준다고 했다.

그런데 이 스킬이 활성화되는 조건이 바로 '스탯 쏠림 현상'이었단다. 다들 페널티라고만 생각하던 이 '스탯 쏠림 현상'이 '스탯 쏠림 현상'으로 인해 완화되고 있는 것이다.

이 스킬 레벨이 높아지게 되면 페널티를 많이 완화시켜 줄 거고, 거기에 민서의 버프와 세영의 도움이 더해지면 페널티는 그렇게 큰 영향을 끼칠 수 없으며 힘을 올렸던 것은 옳은 선택이었다는 것이 바로 종원의 주장이었다.

"나는 이 모든 걸 다 예측하고 있었어. 놀라운 선견지명이지."

종원은 한껏 우쭐거리며 주위를 슥 훑어보고선 말을 이었다.

"게다가 이번에 익힌 스킬이 진짜 레알 슈퍼 대박이다."

어쨌든 종원이 이번에 익힌 스킬은 '트리플 라이트닝 스매시'였다.

라이트닝 해머는 스턴의 효과도 가지고 있으며 시각적으로도 화려한 스킬이다.

'트리플 라이트닝 스매시' 역시 그와 비슷한 성격을 지니기는 했는데 종원의 굼뜬 공격 속도를 획기적으로 높여주는 스킬이라 할 수 있었다.

"이름 하여 슈퍼 울트라 킹왕짱 강한 연속 세 번 후려치기라 이 말이지."

하종원은 어깨를 으쓱했다. 연속 세 번으로 라이트닝 해머를 쓰는 스킬이라 보면 됐다.

적어도 그 스킬을 사용하는 그 짧은 시간 동안 무려 세 번의 공격을 할 수 있었다.

그래 봤자 홍세영과 PvP를해서 이길 가능성은 전혀 없지만. 다들 그걸 알아서 피식 웃고 말았다.

하종원이 고개를 갸웃했다.

"어라⋯⋯?"

그런데 재미있는 점을 하나 발견했다.

거의 장난식이지만, 종원과 세영이 PvP를 했는데—사실 PvP라고 하기에도 좀 그렇지만 어쨌든 형식은 PvP였다—서로에게 대미지가 아예 안 먹혀들었다.

[파티 시스템 효과로 공격이 인정되지 않습니다.]

회피율이나 명중률의 문제가 아니었다. 파티 시스템이 활성화됐고 같은 파티원은 공격할 수 없게 됐다.

하종원이 어깨를 활짝 펴고 턱을 높이 들며 홍세영을 최대한 아래로 내리깔아 봤다.

그러다가 몸을 하도 뒤로 젖히는 바람에 엉덩방아를 찧을 뻔했다.

"이제 넌, 날 공격할 수 없다!"

크하핫, 정말로 기분이 좋은 건지 홍세영의 무시무시한 공격에서 벗어날 수 있어서 안도한 거지, 아니면 홍세영을 놀리기 위한 건지는 모르겠지만 하여튼 종원은 크게 웃었다.

평화는 이 상황이 재미있는 듯 빙그레 웃다가 수영장 안에서 놀고 있는 민서를 쳐다봤다.

평화의 눈엔 일이나 이나 삼이나 사나 오나 육이나 어차피 다 똑같이 생겼는데 민서 눈에는 다 다른가 보다.

하나하나 이름을 부르면서 친근감을 표시하고 있는데 그 모습이 무척 행복해 보였다. 평화는 진심으로 생각했다.

'아니, 그래도… 저게 정말 귀여워……?'

CHAPTER 13

민서에겐 가장 큰 변화가 있었다. 그 변화의 시작은 자이언트 터틀 분리 시설에 방문했을 때였다.

쿠로사키와 함께 있던 그때에 알림음이 들려왔었다. 더 정확히 말하자면 자이언트 터틀을 데리고 장난을 치던 그때였다.

원래부터 파충류를 좋아했던 건 아니었는데 뭐랄까, 이 조그만 녀석들이 조금 귀엽다는 생각이 들었었다.

자이언트 터틀은 물론 무시무시한 몬스터임에는 틀림없지만 그 순간만큼은 뭐랄까, 머리를 쓰다듬어주고 싶은 충동 비슷한 걸 느꼈다. 그렇게 장난을 치다가 현석에게 잔소리를 들었을 무렵 알림음이 들려왔었다.

[전직 조건이 달성되었습니다.]
[현 클래스와의 상성을 판단합니다.]
[버퍼─테이머 로의 전직이 가능합니다.]

노멀 모드에 접어들면서 클래스가 꽤나 세분화됐다. 세분화되기는 했는데 보통 전투, 회복, 보조의 범주에서 크게 벗어나는 형태는 아니었다. 그런데 '버퍼─테이머'란다.

이런 클래스는 들어본 적이 없다. 그래서 현석과 그 자리에서 상의를 해봤고 선택을 하지 않은 채 다시 한국으로 돌아와 고민을 많이 해봤다.

튜토리얼 모드 때처럼 친절한 설명들이 곁들여져 있으면 좋을 텐데 그런 것도 아니었다.

현재 민서가 알 수 있는 거라곤 '버퍼─테이머'라는 클래스 명 뿐. 버퍼면 버퍼고, 테이머면 테이머지 도대체 버퍼─테이머는 무엇인가에 대해 종원과 명훈이 1시간이 넘도록 설전을 벌였지만 그래 봐야 정답이 나오는 건 아니었다.

듀얼 클래스인가 싶기도 했고 아니면 두 클래스가 혼합된 건가 싶기도 했다.

결국 민서는 고민 끝에 '버퍼—테이머'를 받아들이기로 결정했다. 그리고 민서가 처음 테이밍을 성공한 몬스터는 자이언트 터틀—(강)이었다.

왠지 처음부터 굉장히 친숙하게 느껴졌단다. 그리고 내성이 생긴 현석과 비슷하게 친밀도 스탯이 새로 생겼다고 했다.

그런데 재미있는 건 자이언트 터틀이 아닌 다른 몬스터들은 테이밍이 불가능하다는 것이었다. 적어도 현재는 그랬다.

사실상 민서처럼 편한 테이머도 없다. 인하 길드가 워낙에 극강 길드이다 보니 생명의 위험도 없이 몬스터들을 무력화시킬 수 있었으며 그때 안전하고 맘 편하게 테이밍을 시도할 수 있었으니까.

결과적으로 다 실패하기는 했지만 말이다. 심지어 최하급 몬스터의 테이밍도 실패했다.

원래대로라면 테이머는 몬스터를 길들여 전투에 임하는 스타일의 클래스다. 그런데 버퍼—테이머는 그와는 약간 달랐다.

민서가 나름대로의 결론을 내렸다.

"정확하진 않은데… 버퍼가 위주이고 보조가 테이머인 것 같아."

버퍼—테이머는 버퍼가 주 클래스이고, 테이머가 보조 클래스의 느낌이었다. 새로운 스킬이 생겼다. 버프 필드가 바로 그것이었는데, 버프 필드를 펼치고 그 안에 테이밍된 몬스터가 있으면, 몬스터의 특성에 따른 버프 효과가 더 증대된다.

민서가 희망에 가득 찬 얼굴로 말했다.

"연수 아저씨의 방어 필드랑 내 자이언트 터틀—방어 업이 겹쳐지면 꽤 좋은 효과를 볼 수 있을 것 같아."

매일 자신은 연약하다며 숨고 싶다고 엄살을 부리는 이명훈이 반색을 했다.

"오~ 그럼 확실히 도움이 되겠다. 그럼 난 든든한 민서 뒤에 숨어야지! 아니다. 이놈들 나중에 더 커지면 이놈들 다리 뒤에 숨으면 되겠다! 미사일도 막는 놈들이잖아?"

종원도 간만에 흡족한 미소를 지었다. 그러다가 현석을 쳐다봤다.

"현석아, 나중에 싸이클롭스도 한 마리 잡아다주면 안 되나?"

"뭐?"

"아니, 그놈 그거 되게 빠르잖아. 나 민서한테 버프받으면 훨씬 빨라질 거 아냐? 공격력도 세지고."

평범한 사람들이 들으면 미쳤다고 할 소리다. 애초에 싸이클롭스는 일단 만나면 도망가야 하는 개체다.

그냥 때려잡는 것도 불가능한데 심지어 테이밍이라니. 테이밍을 하려면 몬스터를 무력화시켜야 하고 테이밍 필드에 넣어야 하며 그사이에 움직임이 있어서는 안 된다.

싸이클롭스를 테이밍한다는 건 말 그대로 미친 짓이었다. 적어도 상식선에서는 말이다.

그런데 현석은 아무렇지도 않게 고개를 끄덕였다.

"그렇긴 하네."

*   *   *

시간이 조금 흘렀다. 미국 유니온에서는 현석의 편의를 봐주기 위해 여객기 두 대를 무상으로 제공하겠다는 제안을 해왔다.

한 대는 스파이크 에어로스페이스에서 제작한 초음속 여객기 S−512고, 또 한 대는 전 세계 1퍼센트 부자들만 탄다는 전용기 BBJ였다. 둘 모두 최신 기종으로 수백억 원이 넘는 초고가 비행기들이었다.

〈미국 유니온. 플래티넘 슬레이어에 두 대의 전용기 기증하겠다 밝혀!〉

〈통큰 미국 유니온의 선물!〉

미국 유니온에서는 어떠한 사심도 없으며 순수한 호의로 주겠다고 발표했으나 사실 그런 건 아니었다.

위험하면 초음속 비행기 타고 얼른 달려와 달라는 소리고 평소엔 그냥 편안하게 BBJ 타고 날아다니라는 뜻이었다. 사실 다들 쉬쉬해도 어쨌든 뇌물이나 다름없었다.

"와⋯ 그 얘기 들었어? 미국에서 플슬한테 비행기 두 대 공짜로 갖다 바친다던데? 하나는 초음속이고 하나는 럭셔리 래. 사실상 조공이지 뭐."

"그게 끝이 아냐. 거기 들어가는 모든 비용은 미국 유니온에서 부담한대. 유지비도."

"장난 아니다, 진짜. 역시 플슬은 그 클래스가 다르긴 다른가 보네."

거기까진 좋았다. 현석도 손해 볼 건 없었다. 오히려 주면 고맙다. 공짜로 주고 거기다가 유지비까지 지원해 준다는데 나쁠 건 없었다.

일반적인 상황에서, 저쪽에서 호의를 베풀면 이쪽도 호의로 갚는 게 보편적이기는 한데 미국 유니온과 플래티넘 슬레이어 사이는 별로 일반적인 상황은 아니었다.

어쨌든 미국 유니온은 플래티넘 슬레이어에게 잘 보이려고 안달이 난 상태였으니까.

한편, 미국 유니온장 에디를 보필하는 보좌관 크리스는 안경을 고쳐썼다.

"계획대로 이루어지고 있습니다."

"그래. 하지만 한국 유니온에서도 가만히 있지는 않을 텐데?"

"플래티넘 슬레이어는 퀸과 같은 존재입니다."

퀸은 체스에 있어서 승패를 좌우할 수 있을 만큼 커다란 영향력을 가진 말이다.

"당연히 한국 유니온에서도 전쟁을 걸어오겠지요. 한국 유니온은 다른 병력은 약소하지만 퀸만큼은 건재한 상대입니다."

"……."

크리스는 다시 한 번 안경을 고쳐 썼다. 그는 특유의 낮은 어조로 짧게 끊어서 또박또박 말했다.

"어차피. 퀸을 얻기 위한 유니온들 간의 보이지 않는 전쟁은 시작되었습니다. 치열해지지 않았을 뿐. 지금은 퀸이 아니라 폰이 움직이고 있을 뿐이죠."

미국 유니온장 에디가 심각한 얼굴로 되물었다.

"크리스."

"예."

에디는 조금 뜸을 들였다.

"그런데 퀸이랑 폰이 뭐냐?"

크리스는 들고 있던 서류철을 떨어뜨릴 뻔했다. 크리스는 여기가 유니온 내라는 것도 잊고 어린 시절부터 함께 자라온 친구이자 유니온장인 에디에게 "Fuck!"이라고 외쳤다. 간만에 성격이 나왔다.

어쨌든 보이지 않는 전쟁은 시작됐다.

＊　　　＊　　　＊

미국에도 트롤 웨이브가 발생했다.

트롤 웨이브는 트윈헤드 오크 웨이브보다 훨씬 무섭고 강하다. 당연히 피해도 훨씬 크다.

그러나 M—arm이 점점 발달하고 있고 그린스톤을 드롭하는 트롤의 경우, 그린스톤을 포함한 M—arm으로 적절한 대처가 가능하다. M—arm으로 공격하고 마무리를 슬레이어들이 하는 식으로 공략하면 그렇게 큰 피해 없이 트롤 웨이브를 막아낼 수 있을 거란 전망이었다.

미국 유니온에는 뛰어난 길드가 많다.

그리고 'Three Star' 통칭 TS라 불리는 길드는 뛰어난 공격 슬레이어들이 주를 이루는 상급 길드다.

TS의 길드장 에디슨이 반발했다. 에디슨은 미국 유니온 길드장인 에디와 친구이기도 했다.

"에디, 우리 미국의 힘만으로도 트롤 웨이브를 얼마든지 막아낼 수 있는데 어째서 플슬을 불러들이는 거야?"

"피해를 최소화하려면 그의 힘이 꼭 필요하니까."

"하지만 몬스터 웨이브는 이제 더 이상 천재지변이 아냐. 우리에게 굴러 떨어질 엄청난 이득을 타국의 슬레이어한테 빼앗길 필요는 없잖아!"

에디도 예상했다.

트롤 웨이브는 물론 무시무시하긴 하다. 그러나 M—arm이 발달하고 있는 지금 상급 슬레이어들에게 트롤 웨이브는 위험하기는 해도 큰돈과 경험치를 주는 커다란 사냥의 기회라고 할 수 있다.

하지만 미국 유니온의 뜻은 완강했다.

"플래티넘 슬레이어가 미국에서의 슬레잉에 만족감을 충분히 느끼도록 해줄 필요가 있어."

"그게 무슨 소리야?"

"에디슨, 잘 생각해 봐. 경차를 몰던 사람이 최고급 세단을 타게 됐다고 생각해 봐. 느낌이 어떻겠어?"

최고급 세단과 경차는, 일단 승차감부터가 다르다. 하늘과 땅 차이라고 해도 좋을 정도다.

"경차가 나쁜 건 아냐. 그러나 세단을 타던 사람이 경차를 타면 당연히 불편함을 느끼겠지. 우리는 미국 내에서 그에게 최고의 대접을 할 거야. 한국에 돌아가면… 글쎄?"

에디가 쿡쿡대고 웃었다. 에디슨은 불만인 듯했지만 일단은 수긍했다. 어디까지나 '일단'이었다.

"에디, 너는 플래티넘 슬레이어에게 너무 의존하려는 경향이 있어. 유니온장이라는 입장을 고려한다고 해도 말이야."

"충분히 그럴 만한 가치가 있어, 플래티넘 슬레이어는."

가벼운 언쟁이 오고갔다. 에디슨의 입장은 에디가 플래티넘 슬레이어를 지나치게 우상화하여 생각하고 있다는 것이었다.

에디슨이 말했다.

"우리도 비장의 카드를 꺼내야겠네."

"비장의 카드?"

에디슨이 피식 웃었다. 자신만만해졌다.

"네가 플래티넘 슬레이어를 지나치게 높게 평가하고 있는 것 같아서 하는 말이야. 우리 TS에는 메이지가 있어. 일반 슬레이어들은 몰라. 우리 중 일부가 PRE—하드 모드에 접어들었어. 전 세계 유일의 메이지를 영입했고. 우리의 힘을 제대로 알게 된다면 네가 플래티넘 슬레이어에 대한 매달리는 것도 이제 그만해도 될 거야."

에디는 깜짝 놀랐다.

세계 최초로 메이지라는 클래스가 나왔다. 메이지는 일단 전위만 받쳐주면 최강의 화력을 발휘할 수 있는 클래스가 아닌가. 상식적으로는 말이다.

그리고 에디가 생각하기에 TS의 멤버들은 전위를 충분히 맡아줄 수 있는 강력함을 가지고 있었다.

에디슨이 어깨를 활짝 폈다. 자신만만하게 말했다.

"플래티넘 슬레이어? 일단 오라고 해. 우리와 함께 넣어줘. 우리의 실력을 확실히 보여줄 테니까."

트롤 웨이브가 발발한지 2일 째에 플래티넘 슬레이어가 미국으로 향했다.

＊　　　＊　　　＊

미국 내 상위 급 길드 TS. 그들과 인하 길드가 뭉쳤다.

트롤 웨이브라는 인류의 거대한 재앙에 맞서기 위함이었다.

사실상 거대한 재앙 치고는 30초 만에 정리된다는 것이 아이러니하기는 했으나 인하 길드가 없는 곳에 있어서는 재앙이 맞기는 맞았다.

TS의 길드장 에디슨이 말했다.

"어차피 알려질 사실이지만… 우리에겐 메이지 계열의 슬레이어가 있습니다."

현석은 깜짝 놀랐다.

"메이지요?"

메이지는 아직 알려지지 않은 클래스다. 현석도 마법 계통의 스킬을 익히고는 있으나 그의 클래스는 올 스탯 슬레이어지 메이지는 아니다.

'그러고 보니 PRE—하드 모드 최초 진입 보상이 주어지지 않았었지.'

그렇다면 미국 측에서 말하는 그 메이지 클래스를 가진 슬레이어가 최초의 PRE—하드 슬레이어일 가능성도 있었다.

에디가 말을 이었다.

"예, 아직 모르시겠지만… 노멀 모드 위에는 PRE—하드 모드가 있습니다. 그때가 되면 스킬 상점이 열리게 되고 또 어떤 일부 슬레이어의 경우는 메이지로 전직하게 되기도 합니다. 저희도 정확하게 뭔지 파악은 못했지만 어떤 특수한 조건이 있어야 하는 것 같습니다."

민서도 마찬가지였다. 특수한 조건이 달성됐다는 알림음과 함께 버퍼—테이머로 전직했다.

현석이 으음, 하고 고개를 끄덕이자 에디슨은 신이 났다. 무려 플래티넘도 모르는 사실들을 지금 밝히고 있는 것 아닌가. 물론 착각이지만 말이다.

현석은 PRE—하드는 이미 넘어섰다. 그는 하드 모드 슬레이어다. 에디는 더욱더 자신만만해졌다.

"그리고 매지션의 마법에는 불, 물, 바람, 흙. 총 4가지의 계열이 있습니다."

"그렇군요."

에디슨은 자신들의 저력을 강조하고 또 강조했다. 특히나 메이지같은 경우는 파괴력이 가장 강한 불 계열의 마법을 익혔다고 했다.

에디슨은 회심의 미소를 지었다.

'플래티넘 슬레이어 역시 노멀 모드 유저다. 결국 그도 사람이야. 쫓아가지 못할 괴물은 아니다!'

아무래도 플래티넘 슬레이어는 PRE—하드 모드에 대해서 모르는 것 같았다. 현석 입장에서야 굳이 아는 체하면서 나설 필요가 없으니 적당히 맞장구 치고 있는 것뿐이지만.

에디슨이 자신 있게 말했다.

"준비 시간이 좀 걸린다는 것만 제외하면 파괴력만큼은 최강이라고 할 수 있죠."

곧 있으면 트롤 웨이브가 시작된다. 에디슨은 자신의 길드. TS의 화력을 믿었다.

M—arm으로 무장하고 있는 데다가 무려 화염계 메이지의 화력이 더해질 거다. 트롤 웨이브쯤 어렵지 않게, 플래티

넘 슬레이어의 도움을 받지 않아도 얼마든지 막아낼 수 있을 거다.

1분 뒤.

트롤 웨이브가 시작된다. TS의 길드원들이 전투를 준비했다. 각자의 위치로 이동했다.

인하 길드는 PRE—하드 모드에 접어든 다른 슬레이어들이 어떤 힘을 가졌는지, 또 메이지의 힘이 어느 정도인지 알아보기 위해 일단은 잠깐 뒤로 빠져 있기로 합의 봤다.

30초 뒤.

이제 트롤 웨이브가 정말 코앞에 다가왔다. 그리고 그들이 그토록 자랑하는 화염계 메이지가 스펠을 외우기 시작했다.

사실상 현석도 궁금증이 일었다. 세계 최초의 메이지 클래스다. 그리고 모든 특성 중 가장 파괴력이 강한 화염계 스킬을 익혔단다.

스펠을 외우는 모양새를 보아하니 확실히 뭔가 있어 보이긴 했다.

메이지 클래스 슬레이어의 발밑에 붉은색 원이 생겨났다. 그 원은 불길로 이루어져 있었고 조금씩 선회하는가 싶더니 빠르게 소용돌이쳤다.

솔직히 현석도 그 모습을 보며 감탄했다. 비록 높이 치솟는 불길은 아니지만 그래도 사람의 발밑에서 불길이 피어오르고 소용돌이치는 그 모습은 확실히 신비로웠다.

TS의 길드장 에디슨은 현석을 봤다. 그가 본 현석은 지금 분명 감탄하고 있었다. 에디슨의 어깨가 절로 넓어졌다.

'우리가 이 정도다. 메이지는 처음 보지 않느냐'라고 말하는 것 같은 모양새였다.

'제아무리 대단한 플래티넘 슬레이어라고 해도 메이지는 처음 볼 것이다.'

그리고 그와는 별개로 에디슨은 그의 무기 배틀 액스를 쥐고 전투에 대비했다. 일렁거림이 시작됐다.

그와 동시에 메이지의 선제 타격이 들어갔다.

메이지가 외쳤다.

"파이어 월!"

메이지 역시 자신이 사용하는 스킬이 어떤 스킬인지 미리 말을 해놓는 것 같았다. 말을 들어보니, 각 마법마다 지속 시간이 다르고 범위가 다르며 파괴력도 다르단다.

그러니까 자신의 스킬이 어떤 스킬인지 전투 슬레이어에게 알려줄 필요가 있었다.

높이 3미터쯤 되는 불길이 치솟아 올랐다.

높이는 3미터 가량. 길이는 7미터가량 됐다. 시뻘건 불길이 활활 치솟아 올랐다.

'어떠냐! 이게 바로 메이지의 힘이다!'

TS의 길드장 에디슨은 치솟아 오르는 불길을 쳐다봤다. 그의 눈동자에 불꽃이 어른거렸다. 뭐랄까, 말로 표현할 수 없는, 굉장히 짜릿한 감동이 심장을 스치고 지나갔다.

그 대단하다는 플래티넘 슬레이어도 분명 처음 보는 걸 거다. 이 감동은 에디슨만 느끼는 게 아니었다. TS 길드원 전원이 느꼈다.

'이게 바로 메이지다!'

'그렇지. 바로 이거지!'

'플래티넘 슬레이어도 분명 놀랐다.'

높이 3미터, 길이 7미터의 불로 이루어진 벽. 물론 슬레이어에게는 피해를 입히지 않았다.

플래티넘 슬레이어 유현석은 확실히 놀랐다. 그것도 정말 많이 놀랐다.

'이것이 화염계 마법!'

『올 스탯 슬레이어』 5권에 계속…

초대형 24시 만화방

신간 100%, 샤워실, 흡연실, 수면실(침대석), 커플석, 세탁기 완비

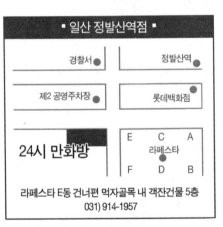

■ 일산 정발산역점 ■

경찰서 ● 　　　　　정발산역 ●

제2 공영주차장 ● 　　　　롯데백화점 ●

24시 만화방

| E | C | A |
| F | D | B |

라페스타

라페스타 E동 건너편 먹자골목 내 객잔건물 5층
031) 914-1957

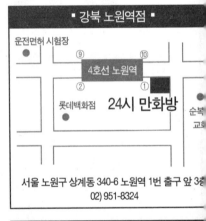

■ 강북 노원역점 ■

운전면허 시험장 ●

⑨ 　　　　　⑩

4호선 노원역

② 　　　　　①

롯데백화점 ●　24시 만화방　　순복
　　　　　　　　　　　　　　교회

서울 노원구 상계동 340-6 노원역 1번 출구 앞 3층
02) 951-8324

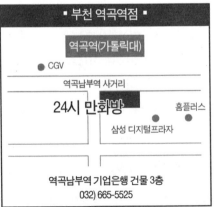

■ 부천 역곡역점 ■

역곡역(가톨릭대)

● CGV

역곡남부역 사거리

24시 만화방　　　　홈플러스 ●

삼성 디지털프라자 ●

역곡남부역 기업은행 건물 3층
032) 665-5525

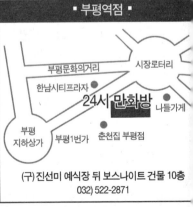

■ 부평역점 ■

부평문화의거리　　시장로터리

한남시티프라자 ●

24시 만화방　나들가게 ●

부평　　　　　춘천집 부평점 ●
지하상가　부평1번가

(구)진선미 예식장 뒤 보스나이트 건물 10층
032) 522-2871

가프 장편 소설

관상왕의
1번룸

FUSION FANTASTIC STORY

거대한 도시의 그늘에서 벌어지는
짜릿하고 통쾌한 이야기!

『관상왕의 1번룸』

텐프로의 진상 처리 담당, 홍 부장.
절망적인 삶의 끝에서 만난 남국의 바다는
그를 새로운 인생으로 인도하는데…….

쾌락을 원하는 거부, 성공에 목마른 사업가,
그리고 실패로 절망한 사람들이여.

여기, 관상왕의 1번룸으로 오라!

Book Publishing CHUNGEORAM

유행이 아닌 자유추구 -
WWW.chungeoram.com

글샘 장편 소설

FUSION FANTASTIC STORY

세상을 다가져라

[세상을 다 가져라]

문피아 선호작 베스트 작품 전격 출간!
현대판타지, 그 상상력의 한계를 넘어서다!

권고사직을 당한 지 2년째의 백수 권혁준.

우연히 타게 된 괴상한 발명품으로 인해
과거로 회귀한다!

그런데
과거로 온 혁준의 손에 들려 있는 것은 바로
최신형 스마트폰!

"까짓 세상, 죄다 가져 버리겠다 이거야!"

백수였던 혁준의 짜릿한 인생 역전이 시작된다!

Book Publishing CHUNGEORAM

유행이 아닌 자유추구 ~
WWW.chungeoram.com

며운 장편 소설

FUSION FANTASTIC STORY

전공 三國志 삼국지

2세기 말 중국 대륙.
역사상 가장 치열했던 쟁패(爭覇)의
시기가 열린다!

중국 고대문학을 공부하던 전도형,
술 마시고 일어나니 도겸의 둘째 아들이 되었다?

조조는 아비의 원수를 갚으러 쳐들어오고
유비는 서주를 빼앗으려 기회만 노리는데…….

"역시 옛사람들은 순수하다니까.
   유비가 어설픈 연기로도 성공한 데는 다 이유가 있지, 암."

때로는 군자처럼, 때로는 효웅처럼!
도형이 보여주는 난세를 살아가는 법!

Book Publishing CHUNGEORAM

용행이 아닌 자유추구 ~
WWW.chungeoram.com

이경영 판타지 장편소설

FANTASY FRONTIER SPIRIT

그라니트

용들의 땅

G R A N I T E

사고로 위장된 사건에 의해 동료를 모두 잃고 서로를 만나게 된 '치프'와 '데스디아'.
사건의 이면에 상식을 벗어난 음모가 있음을 알게 된 둘은
동료들의 죽음을 가슴에 새긴 채 각자의 고향으로 돌아간다.
2년 후, 뜻하지 않게 다시 만난 두 사람은 동료들의 복수를 위해
개척용역회사 '그라니트 용역'을 설립해 다시금 그 땅을 찾게 되는데……

용들이 지배하는 땅 그라니트!
그곳에서 펼쳐지는 고대로부터 이어지는 운명적 만남,
깊어지는 오해, 그리고 채워지는 상처.

『가즈 나이트』시리즈 이경영 작가의 미래형 판타지 신작!

Book Publishing CHUNGEORAM

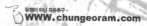
유령이 아닌 자유추구 -
www.chungeoram.com